DRESSLER

Michael Morpurgo, einer der bekanntesten britischen Kinder- und Jugendbuchautoren, ging in London, Sussex und Canterbury zur Schule, studierte in London und wurde Lehrer. Er ist Mitte fünfzig, hat drei Kinder und vier Enkelkinder und lebt mit seiner Frau in Devon. Morpurgo veröffentlichte in Großbritannien bisher nahezu fünfzig Bücher, die vielfach preisgekrönt, übersetzt und zum Teil verfilmt wurden. Auch in Deutschland werden seine Bücher viel gelesen und gelobt; *Das Gespenst mit den roten Augen* wurde für den Deutschen Jugendliteraturpreis nominiert.

Michael Morpurgo

KENSUKES KÖNIGREICH

Inselabenteuer im Korallenmeer

Deutsch von
Yvonne Hergane

Cecilie Dressler Verlag · Hamburg

Für Graham und Isabella

Mein Dank geht an Isabella Hutchins, Terence Buckler sowie Professor Seigo Tonimoto und seine Familie für all ihre freundliche Hilfe bei der Entstehung dieses Buches.

Weitere Bücher von Michael Morpurgo im Cecilie Dressler Verlag:
Das Gespenst mit den roten Augen
Die Sache mit Billys Knie
Großvater auf Probe

Die englische Originalausgabe erschien 1999 bei Heinemann,
an imprint of Egmont Children's Books Limited, London,
unter dem Titel *Kensuke's Kingdom*
Aus dem Englischen von Yvonne Hergane
Einband von Behrend & Buchholz
Satz: Clausen & Bosse, Leck
Druck und Bindung: GGP Media, Pößneck
Printed in Germany 2000 / II
ISBN 3-7915-1349-4

INHALT

1. Kapitel

PEGGY SUE

Ich verschwand in der Nacht vor meinem zwölften Geburtstag, am 28. Juli 1988. Aber erst jetzt kann ich die ganze Geschichte erzählen, die *wahre* Geschichte, denn Kensuke hatte mir das Versprechen abgenommen, nichts zu sagen, überhaupt nichts, bevor nicht mindestens zehn Jahre vergangen wären. Es war seine letzte Bitte an mich. Ich habe ihm Schweigen versprochen und musste die ganze Zeit mit einer Lüge leben.

Ich könnte diese Lüge weiter schlafen lassen, aber nun sind schon über zehn Jahre ins Land gegangen. Ich habe die Schule fertig gemacht, das College absolviert, und ich hatte Zeit zum Nachdenken. Ich meine, ich schulde meiner Familie und meinen Freunden, denen ich so lange etwas vorgemacht habe, die Wahrheit über mein langes Verschwinden, die Wahrheit darüber, wie ich überlebt habe, um sozusagen von den Toten aufzuerstehen.

Aber es gibt noch einen Grund dafür, die Geschichte zu erzählen, einen weit, weit besseren Grund. Kensuke war ein großartiger Mensch, ein guter Mensch, und er war mein Freund. Ich möchte, dass die Welt ihn mit den gleichen Augen sieht wie ich.

Bis zu meinem elften Lebensjahr, bis kurz vor der Ankunft des Briefes, verlief mein Leben völlig normal. Wir waren vier: meine Mutter, mein Vater, ich und Stella – Stella Artois, meine schwarzweiße Border-Collie-Hündin. Sie hatte ein Steh- und ein Kippohr und schien immer schon im Voraus zu ahnen, was passieren würde. Aber selbst sie konnte nicht vorhersehen, wie dieser Brief unser Leben für immer verändern würde.

So im Nachhinein betrachtet, verlief meine frühe Kindheit mit einer gewissen Regelmäßigkeit. Jeden Morgen ging ich die Straße hinunter in die »Affenschule«. Mein Vater nannte sie so, weil die Kinder dort, wie er sagte, ständig schnatterten und kreischten und auf dem Spielplatz mit dem Kopf nach unten vom Klettergerüst hingen. Für ihn war ich sowieso immer das »Affengesicht« – das heißt, wenn er gut gelaunt war, was oft vorkam. In Wirklichkeit hieß die Schule St. Joseph's und ich fühlte mich sehr wohl dort, jedenfalls die meiste Zeit. Nach der Schule ging ich bei jedem Wetter auf den Sportplatz zum Fußballspielen, mit Eddie Dodds, meinem besten Freund, und mit Matt und Bobby und den anderen. Es war ziemlich schlammig da unten und der Ball blieb dauernd stecken, sobald er den Boden berührte. Wir hatten eine eigene Mannschaft – die »Schlammlerchen« nannten wir uns – und wir waren echt gut. Gastmannschaften erwarteten aus irgendeinem Grund immer, dass der Ball aufspringen würde, und wenn sie kapierten, dass er das nicht tat, hatten wir längst einen Vorsprung von zwei, drei Toren. Bei Auswärtsspielen waren wir nicht so erfolgreich.

Am Wochenende trug ich für Mr Patels Laden an der Ecke Zeitungen aus. Ich sparte auf ein Mountainbike. Ich wollte mit Eddie eine Tour durchs Hochmoor machen. Das Problem war nur, dass ich immer wieder alles ausgab, was ich zusammengespart hatte. Das mache ich heute noch so.

Die Sonntage, das weiß ich noch, waren immer etwas Besonderes. Da fuhren wir mit einem kleinen, gemieteten Segelboot raus auf den Stausee, und Stella bellte sich die Lunge aus dem Leib nach den anderen Booten. Mein Vater liebte es, auf dem Wasser zu sein, weil die Luft so klar und sauber war, wie er sagte, und frei von jeglichem Ziegelstaub – er arbeitete nämlich in einer Ziegelei. Außerdem war er ein richtiger Do-it-yourself-Fanatiker. Es gab nichts, was er nicht reparieren konnte, selbst wenn es gar nicht repariert werden musste. Also war er auf dem Boot ganz in seinem Element.

Meine Mutter, die in derselben Ziegelei eine Halbtagsstelle im Büro hatte, genoss die Fahrten ebenfalls in vollen Zügen. Ich weiß noch, wie sie einmal an der Ruderpinne saß und den Kopf zurückwarf im Wind und tief einatmete. »Das ist es!«, rief sie. »Das ist das wahre Leben. Wunderschön, einfach wunderschön.« Sie hatte immer diese blaue Mütze auf und war unangefochten der Skipper. Wenn da draußen auch nur die leichteste Brise war, sie spürte sie auf und hängte sich dran. Dafür hatte sie eine Nase.

Wir verbrachten tolle Zeiten auf dem Wasser. Wir fuhren auch raus, wenn es ungemütlich war, wenn kein anderer rausfuhr, und glitten über die Wellen, berauscht von der puren Freude an der Geschwindigkeit. Und wenn nicht mal der leiseste Windhauch ging, machte es uns auch nichts aus. Manchmal waren wir das einzige Boot auf dem ganzen Stausee. Dann dümpelten wir nur so auf und ab und angelten – nebenbei gesagt, ich war der beste Angler von uns allen –, und Stella Artois lag zusammengerollt hinter uns im Boot und langweilte sich, weil es nichts gab, was sie anbellen konnte.

Dann kam der Brief. Stella Artois schnappte ihn sich, als er durch den Briefschlitz segelte. Danach war er feucht und hatte ein paar winzig kleine Löcher, aber man konnte immer noch genug lesen.

Die Ziegelei würde schließen. Meine Eltern wurden beide arbeitslos.

An dem Morgen war es schrecklich still am Frühstückstisch. Und ab dem Tag gingen wir sonntags nicht mehr segeln. Ich musste nicht erst fragen, warum nicht. Sie versuchten beide neue Jobs zu finden, aber es gab keine.

Das Elend schlich sich langsam in unser Haus. Manchmal kam ich nach Hause und sie sagten kein Wort. Sie stritten sich häufig, über unwichtige kleine Sachen – das hatten sie vorher nie gemacht. Mein Vater reparierte nichts mehr. Er war sowieso kaum mehr zu Hause. Wenn er nicht gerade einen neuen Job suchte, war er unten im Pub. Und wenn er zu Hause war, saß er nur da, blätterte endlos irgendwelche Segelzeitschriften durch und sagte nichts.

Ich versuchte so viel Zeit wie möglich draußen zu verbringen, mit Fußballspielen, aber dann zog Eddie weg, weil sein Vater irgendwo im Süden eine Stelle gefunden hatte. Ohne Eddie war Fußball auch nicht mehr wie früher. Die »Schlammlerchen« lösten sich auf. Alles löste sich auf.

Eines Samstags kam ich von meiner Zeitungsrunde nach Hause und fand meine Mutter weinend auf der Treppe. Sie war immer so stark gewesen; so hatte ich sie noch nie erlebt.

»So ein Dummkopf«, sagte sie. »Dein Vater ist ein richtiger Dummkopf, Michael, wirklich wahr.«

»Was hat er getan?«, fragte ich.

»Er ist weggegangen«, sagte sie, und ich dachte: für immer. »Er wollte nicht auf mich hören, o nein. Er hätte da so eine Idee, hat er gesagt. Aber worum es geht, wollte er mir nicht verraten, nur dass er das Auto verkauft hat und wir nach Süden ziehen und dass er etwas für uns auftreiben wird.«

Ich war erleichtert und ziemlich erfreut, muss ich sagen. Süden musste näher bei Eddie sein.

»Wenn er glaubt, ich gehe von hier weg«, fuhr sie fort, »dann hat er sich geschnitten.«

»Aber wieso denn?«, fragte ich. »Hier ist doch nichts.«

»Doch, das Haus zum Beispiel. Und deine Großmutter. Und die Schule.«

»Schulen gibt's woanders auch«, sagte ich.

Aber da wurde sie böse, böser, als ich sie je erlebt hatte. »Weißt du, was das Fass zum Überlaufen gebracht hat?«, stieß sie hervor. »Du, Michael. Als du heute Morgen zum Zeitungaustragen losgezogen bist. Weißt du, was dein Dad da gesagt hat? Ich sag's dir, okay? ›Weißt du was?‹, hat er gesagt. ›In diesem Haus gibt's nur ein einziges verdammtes Einkommen – Michaels Zeitungsgeld. Was meinst du, wie ich mich da fühle, hm? Mein Sohn ist elf Jahre alt. Er hat einen Job und ich nicht.‹«

Sie hielt ein paar Sekunden inne, bevor sie weitersprach, die Augen voller wütender Tränen. »Ich geh hier nicht weg, Michael. Ich bin hier geboren. Und ich geh nicht weg. Egal, was er sagt, ich geh nicht weg.«

Als etwa eine Woche später der Anruf kam, war ich zu Hause. Ich *wusste*, dass es mein Vater war. Mutters Antworten am Telefon fielen ziemlich spärlich aus, also konnte ich mir nicht zusammenreimen, worum es ging. Aber hinterher setzte sie sich zu mir und erzählte. »Er klingt anders, Michael. Ich meine, wie früher, wie der Mann, den ich damals kennen gelernt habe. Er hat etwas für uns gefunden. ›Packt eure Sachen und kommt her‹, hat er gesagt. Fareham. Muss in der Nähe von Southampton sein. ›Mitten auf dem Meer‹, hat er gesagt. Er hat sich irgendwie verändert, sag ich dir.«

Und tatsächlich war mein Vater ein ganz anderer Mensch geworden. Als wir aus dem Zug stiegen, stand er schon da, seine Augen strahlten wieder und er lachte. Er nahm uns das Gepäck ab. »Es ist nicht weit«, sagte er und zerzauste mir das Haar. »Warte nur, bis du es siehst, Affengesicht. Ich hab alles schon klargemacht, von vorn bis hinten. Und ihr braucht gar nicht erst zu versuchen, mir die Sache auszureden. Ich hab mich entschieden.«

»Wofür?«, fragte ich.

»Wirst du schon sehen«, erwiderte er.

Stella Artois trabte mit erhobenem Schwanz glücklich neben uns her. Ich glaube, wir fühlten uns alle genau wie sie.

Wir fuhren dann doch mit dem Bus, weil die Koffer zu schwer waren. Als wir ausstiegen, standen wir direkt am Meer. Häuser gab es nirgends zu sehen, nur einen Yachthafen.

»Was machen wir hier?«, fragte meine Mutter.

»Ich möchte euch jemanden vorstellen. Eine gute Freundin von mir. Sie heißt Peggy Sue. Sie freut sich schon darauf, euch kennen zu lernen. Ich hab ihr alles über euch erzählt.«

Meine Mutter sah mich an und runzelte verwundert die Stirn. Ich war auch nicht schlauer.

Ich wusste nur, dass mein Vater an der Geheimniskrämerei seinen Spaß hatte.

Die Möwen schrien über unseren Köpfen, die Masten der Yachten um uns herum klapperten und Stella kläffte alles an, bis mein Vater schließlich vor einer Laufplanke anhielt, die zu einer glänzenden, dunkelblauen Segelyacht hinaufführte. Er stellte das Gepäck ab und drehte sich zu uns um, von einem Ohr zum anderen grinsend. »Das ist sie«, sagte er. »Darf ich vorstellen – das ist die *Peggy Sue*. Unser neues Zuhause. Was sagt ihr?«

Wenn man die Umstände bedenkt, nahm meine Mutter es ziemlich gelassen auf. Sie schrie ihn nicht an. Sie wurde nur sehr schweigsam und sie sagte auch die ganze Zeit kein Wort, während er uns bei einer Tasse Tee in der Kombüse die ganze Geschichte erzählte.

»Es war keine Hals-über-Kopf-Sache, wisst ihr. Ich hab schon lange daran gedacht, die ganzen Jahre, die ich in der

Ziegelei verbracht hab. Damals war es vielleicht nur ein Traum, mag sein. Komisch, wenn man so darüber nachdenkt: Wenn ich meinen Job nicht verloren hätte, hätte ich wohl nie den Mut aufgebracht, das durchzuziehen, in einer Million Jahren nicht.«

Er wusste, dass er sich ziemlich wirr anhörte.

»Also gut. Ich hab mir Folgendes überlegt: Was tun wir alle am liebsten? Segeln, stimmt's? Also, wäre es nicht herrlich, hab ich mir gedacht, wenn wir um die Welt segelten? Das haben andere vor uns auch schon gemacht. Hochseesegeln nennt man das, ich hab in Zeitschriften davon gelesen. Wie gesagt«, fuhr er fort, »es war nur ein Traum. Aber dann – kein Job mehr, und keine Aussicht auf einen neuen. Wie heißt es immer so schön? Auf zu neuen Ufern! Also, warum nicht mit einem Segelboot? Wir haben unsere Abfindung von der Ziegelei, oder das bisschen, was davon noch übrig ist. Dann ein paar Ersparnisse und das Geld vom Autoverkauf. Ein Vermögen ist es nicht, aber es reicht. Was sollen wir damit anfangen? Wir könnten es auf die Bank bringen, wie es die anderen alle gemacht haben. Aber wozu? Um zuzuschauen, wie es dahinschmilzt, bis nichts mehr davon übrig ist? Da hab ich mir gedacht, wir könnten es anders machen, etwas wirklich Besonderes damit anstellen, etwas von der Sorte Nur-einmal-im-Leben. Wir könnten um die Welt segeln. Afrika. Südamerika. Australien. Pazifik. Wir könnten Orte besuchen, von denen wir bisher nur geträumt haben.«

Wir saßen da wie vom Donner gerührt.

»Oh, ich weiß schon, was ihr jetzt denkt«, sagte mein Vater. »Ihr denkt, wir sind bisher nur auf dem Stausee herumgeschippert. Ihr denkt, der Mann ist verrückt geworden, völlig plemplem. Ihr denkt, es ist gefährlich. Ihr denkt, wir gehen Pleite. Aber ich hab alles bis ins Letzte durchdacht. Sogar an Michaels Großmutter hab ich gedacht, was sagt ihr dazu? Wir werden ja nicht ewig weg sein, stimmt's? Sie wird immer noch da sein, wenn wir zurückkommen. Sie ist doch kerngesund.

Wir haben genug Geld. Ich hab alles durchgerechnet. Wir werden ein halbjähriges Training durchlaufen. Danach sind wir ein Jahr weg, vielleicht sogar anderthalb Jahre, je nachdem, wie lange das Geld reicht. Wir müssen Nägel mit Köpfen machen. Mum, du machst den Yachtsegelschein. Ach, hatte ich das noch nicht erwähnt? Du bist der Skipper, Mum. Ich bin der Erste Maat und Mädchen für alles. Michael, du bist der Schiffsjunge, und Stella – tja, Stella kann die Schiffskatze sein.«

Er redete und redete und keuchte dazwischen vor lauter Aufregung.

»Wir müssen Übung kriegen. Ein paar Fahrten über den Kanal nach Frankreich absolvieren, vielleicht auch eine nach Irland rüber. Bis wir dieses Boot in- und auswendig kennen. Zweiundvierzig Fuß ist es lang. *Bowman*, beste Qualität, beste Ausstattung. Das sicherste Boot, das es gibt. Ich hab meine Hausaufgaben gemacht. In sechs Monaten gehen wir auf große Reise. Es wird das Abenteuer unseres Lebens. Unsere einzige Gelegenheit. Eine zweite kriegen wir bestimmt nicht mehr. Also, was sagt ihr dazu?«

»Her-vor-ra-gend«, stieß ich hervor und genau das dachte ich auch.

»Und ich soll also der Skipper sein?«, fragte meine Mutter.

»Aye, aye, Käpt'n.« Mein Vater lachte und salutierte zum Spaß.

»Was ist mit Michaels Schule?«, hakte sie weiter nach.

»Daran hab ich auch gedacht. Ich hab in der hiesigen Schule nachgefragt. Es ist alles geregelt. Wir nehmen alle Bücher mit, die er braucht. Ich unterrichte ihn. Du unterrichtest ihn. Er unterrichtet sich selbst. Wenn du mich fragst, wird er in ein paar Jahren auf See mehr lernen, als er in seiner Affenschule jemals lernen könnte. Das verspreche ich dir.«

Meine Mutter nippte an ihrem Tee, dann nickte sie langsam. »Also gut«, sagte sie und ich sah, dass sie lächelte. »Warum nicht? Dann mal los. Kauf es. Kauf das Boot.«

»Hab ich schon«, sagte mein Vater.

Es war natürlich Wahnsinn. Sie wussten es und ich wusste es auch, aber es spielte keine Rolle. Im Nachhinein betrachtet muss uns wohl der Mut der Verzweiflung getrieben haben. Alle rieten uns davon ab. Meine Großmutter kam zu Besuch und blieb eine Weile an Bord. Lächerlich sei die ganze Idee, sagte sie, rücksichtslos, unverantwortlich. Sie malte Tod und Teufel an die Wand. Eisberge, Hurrikane, Piraten, Wale, Supertanker, haushohe Brecher – eine Horrorvorstellung nach der anderen schleuderte sie uns um die Ohren, um uns Angst einzujagen – in der Hoffnung, meine Eltern würden dann einen Rückzieher machen. Sie schaffte es, *mir* Angst einzujagen, aber das hätte ich mir nie anmerken lassen. Sie verstand einfach nicht, dass uns dieses wahnsinnige Unterfangen zusammengeschweißt hatte. Wir würden ablegen und nichts und niemand würde uns aufhalten. Wir taten etwas, das sonst nur die Helden im Märchen tun. Wir stürzten uns ins Abenteuer.

Am Anfang lief dann auch alles so ab, wie mein Vater es geplant hatte, außer dass das Training viel länger dauerte. Wir fanden schnell heraus, dass das Segeln mit einer zweiundvierzig Fuß langen Yacht nicht dasselbe war wie das Segeln auf dem Stausee, bloß mit einem größeren Boot. Ein alter, schnauzbärtiger Seemann vom Yachtclub nahm uns unter seine Fittiche: Bill Parker (wir nannten ihn Brummbär-Bill, aber natürlich nur, wenn er es nicht hören konnte). Er war zweimal um Kap Hoorn gesegelt und hatte mutterseelenallein zwei Atlantiküberquerungen hinter sich gebracht, und über den Kanal war er »öfter geschippert, als ihr warme Mahlzeiten hattet, Bürschchen«.

Ehrlich gesagt mochten wir Brummbär-Bill alle nicht besonders. Er war ein strenger Lehrer. Mich und Stella Artois behandelte er mit der gleichen Herablassung, für ihn waren Tiere und Kinder eine Plage und an Bord eines Schiffes nichts anderes als lästiger Ballast. Also ging ich ihm so gut wie möglich aus dem Weg, und Stella Artois folgte meinem Beispiel.

Sein Handwerk verstand Brummbär-Bill allerdings perfekt. Als er mit uns fertig war und meine Mutter ihren Yachtsegelschein ausgehändigt bekam, glaubten wir fest daran, dass wir mit der *Peggy Sue* überallhin fahren konnten. Er hatte uns einen gesunden Respekt vor der See eingebläut, aber gleichzeitig waren wir zuversichtlich, allen Unbilden gewachsen zu sein, die das Meer uns in den Weg stellen konnte.

Es gab natürlich Situationen, in denen ich eine Heidenangst hatte. Mein Vater und ich waren dann vereint in unserem stillen Entsetzen. Wenn eine zwanzig Fuß hohe grüne Wasserwand über einem aufragt, stellte ich bald fest, kann man nicht den Mutigen spielen. Manchmal kippten wir in so tiefe Wellentäler, dass wir schon dachten, da kämen wir nie mehr raus. Aber wir kamen raus, und je öfter wir unsere Angst überwanden, die Wellen überwanden, desto mehr Vertrauen hatten wir in uns selbst und das Boot unter unseren Füßen.

Meine Mutter ließ sich nie auch nur die leiseste Angst anmerken. Sie und die *Peggy Sue* – sie waren es, die uns die schlimmsten Augenblicke durchstehen ließen. Ab und zu war sie allerdings seekrank, im Gegensatz zu meinem Vater und mir. Das war doch schon mal was.

Wir lebten auf ganz engem Raum zusammen, richtig auf Tuchfühlung, und ich entdeckte, dass Eltern mehr als nur Eltern sein konnten. Mein Vater wurde mein bester Freund, mein Schiffskamerad. Wir konnten uns blind aufeinander verlassen. Und was meine Mutter anging, so muss ich gestehen, dass ich vorher nicht geglaubt hätte, dass so eine Kraft in ihr steckte. Ich hatte schon immer gewusst, dass sie ein ziemliches Durchhaltevermögen hatte, dass sie niemals aufgab, bevor nicht geschafft war, was sie sich vorgenommen hatte. Aber jetzt – sie arbeitete Tag und Nacht, saß über ihren Büchern und Karten, bis sie die Prüfung bestanden hatte. Sie war nicht zu bremsen. Sie konnte schon ganz schön tyrannisch werden, wenn wir das Boot nicht immer tipptopp in Schuss hielten, aber weder mir noch meinem Vater machte das viel aus, auch wenn wir immer so taten. Sie war der Skipper. Sie würde uns ans andere Ende der Welt bringen und wieder zurück. Wir vertrauten ihr hundertprozentig. Wir waren stolz auf sie. Sie war einfach großartig. Und ich muss sagen, der Schiffsjunge und der Erste Maat waren auch ziemlich großartig – an den Winschen, an der Ruderpinne oder als begnadete Smutjes beim Kochen in der Kombüse. Wir gaben eine hervorragende Mannschaft ab.

Also waren wir am 10. September 1987 so weit – ich weiß das Datum deswegen so genau, weil ich das Logbuch vor mir habe, jetzt, wo ich dies aufschreibe. Jeder Winkel, jede Ecke des Bootes war voll gestopft mit Vorräten; wir konnten Segel setzen zu unserem großen Abenteuer, unserer großen Odyssee.

Meine Großmutter war gekommen, um uns tränenreich zu verabschieden. Am Ende hatte sie sogar mitkommen wollen, um Australien mal einen Besuch abzustatten – sie hatte schon immer frei lebende Koalas sehen wollen! Auch viele von unseren Freunden waren da, einschließlich Brummbär-Bill.

Eddie Dodds war mit seinem Vater angereist. Als wir ablegten, warf er mir einen Fußball zu. »Als Glücksbringer«, rief er. Später sah ich, dass er überall seinen Namen draufgeschrieben hatte, wie ein echter Fußballstar.

Stella Artois bellte zum Abschied alle an, auch jedes einzelne Boot, an dem wir im Solent vorbeifuhren. Aber nachdem wir die Isle of Wight hinter uns gelassen hatten, wurde sie merkwürdig still. Vielleicht spürte sie, genau wie wir, dass es jetzt kein Zurück mehr gab. Das war kein Traum. Wir waren zur Weltumsegelung aufgebrochen. Es war wahr, echt und wirklich wahr.

2. Kapitel

WASSER, WASSER, ÜBERALL WASSER

Es heißt, zwei Drittel der Oberfläche der Erde wären von Wasser bedeckt. Wenn man da draußen ist, sieht es wirklich danach aus und es fühlt sich auch so an. Meerwasser, Regenwasser – alles um einen herum ist nass. Die meiste Zeit war ich nass bis auf die Haut. Ich hatte die richtigen Sachen an – der Skipper sorgte schon dafür –, aber das Wasser sickerte trotzdem irgendwie durch.

Auch unter Deck war ständig alles feucht, sogar die Schlafsäcke. Nur wenn die Sonne schien und der Seegang leichter wurde, konnten wir die Sachen trocknen. Dann trugen wir alles rauf an Deck und bald war die *Peggy Sue* von vorn bis hinten mit Kleidern behängt; eine lange Wäscheleine spannte sich vom Bug bis zum Heck. Wieder richtig trocken zu sein war ein Luxus, aber wir wussten immer, dass der Zustand nicht lange anhalten würde.

Man sollte meinen, für drei Leute gäbe es nicht viel zu tun an Bord, Tag für Tag, Woche für Woche. Aber das stimmt nicht. Bei Tageslicht gab es nie auch nur einen langweiligen Augenblick. Ich war ständig beschäftigt: Segel einholen, Segel setzen, das Steuer übernehmen – was ich besonders gern tat – oder meinem Vater bei seinen endlosen Instandsetzungs- und Reparaturarbeiten helfen. Er brauchte oft ein Paar zusätzlicher Hände zum Festhalten und Stützen, wenn er irgendwo hämmerte oder schraubte oder sägte. Die restliche Zeit war ich am Wischen, Kochen, Abwaschen, Abtrocknen.

Ich würde lügen, wenn ich sagte, dass mir alles Spaß machte. Tat es nicht. Aber langweilig war es niemals. Nur ein einziges Mitglied der Mannschaft durfte faul sein – Stella Artois. Und sie war faul. Hier auf hoher See, wo es nicht viel zum Ankläffen gab, verbrachte sie die stürmischeren Tage in meiner Kabine, zusammengerollt auf meinem Bett. Aber wenn es sonnig und windstill war, war sie normalerweise oben am Bug zu finden, wo sie eifrig nach allem Ausschau hielt, was nicht einfach Meer war. Sobald irgendwas auftauchte, entdeckte sie es, darauf konnte man sich verlassen – ein paar Tümmler vielleicht, die über die Wellen sprangen und uns Gesellschaft leisteten, oder eine Delphinfamilie, die neben dem Boot herschwamm, so nahe, dass man die Hand ausstrecken und sie berühren konnte. Wale, Haie, sogar Schildkröten – alles sahen wir. Meine Mutter fotografierte und filmte mit der Videokamera, während mein Vater und ich durchs Fernglas schauten. Und Stella Artois war dann voll in ihrem Element; als richtiger Hütehund, der sie war, bellte sie den Wesen des Meeres Kommandos zu, trieb sie aus den Tiefen des Wassers zusammen.

So lästig sie manchmal auch war – überall verbreitete sie ihren feuchten Hundegeruch –, wir bedauerten keine Sekunde, sie mitgenommen zu haben. Sie war unser größter Trost. Wenn das Meer aufgewühlt war und uns durchschüttelte und meine Mutter halb tot war vor Seekrankheit, saß sie unter Deck, ganz grün im Gesicht, mit Stella auf dem Schoß, gab Trost und wurde getröstet. Und wenn mir die berghohen Wogen und der kreischende Wind Angst einjagten, kauerte ich mich mit Stella in meine Koje, barg das Gesicht in ihrem Nackenfell und hielt sie ganz fest. In solchen Zeiten – ich glaube nicht, dass sie so häufig waren, ich erinnere mich nur sehr intensiv daran – sorgte ich dafür, dass ich auch Eddies Fußball immer ganz in meiner Nähe hatte.

Der Fußball wurde für mich zu einer Art Talisman, einem Glücksbringer, und er funktionierte wirklich. Schließlich ließ jeder Sturm irgendwann nach, und danach waren wir immer noch da, immer noch am Leben, immer noch auf dem Wasser.

Ich hatte gehofft, meine Eltern würden nicht mehr an den geplanten Unterricht denken. Und am Anfang sah es auch so aus, als hätten sie die Sache vergessen. Aber nachdem wir die ersten Stürme überstanden und uns an das abenteuerliche Leben auf dem Meer gewöhnt hatten, setzten sie sich mit mir zusammen und überbrachten mir die unliebsame Nachricht. Ob es mir passte oder nicht, ich würde etwas für die Schule tun müssen, um nicht ins Hintertreffen zu geraten. Da war meine Mutter unerbittlich.

Meinen Vater anzubetteln brachte auch nichts, das merkte ich schnell. Er zuckte nur mit den Schultern und sagte: »Mum ist der Skipper.« Und damit war das letzte Wort gesprochen. Zu Hause war sie wenigstens meine Mutter gewesen und ich hatte mit ihr streiten können, aber jetzt auf der *Peggy Sue* ging das nicht mehr.

Es war eine Verschwörung. Sie hatten hinter meinem Rücken ein richtiges Unterrichtsprogramm entworfen.

Da waren etliche Mathebücher, die ich durcharbeiten sollte – mein Vater sagte, er würde mir weiterhelfen, wenn ich irgendwo stecken bleiben sollte. Was Erdkunde und Geschichte anging – ich sollte über jedes Land, das wir auf unserer Weltumsegelung besuchten, so viel herausfinden und aufschreiben wie nur möglich. Biologie und Kunst bestand darin, dass ich jeden Vogel beschrieb und zeichnete, den wir sahen, jedes Tier und jede Pflanze, die uns vor Augen kamen.

Meine Mutter legte auch besonders Wert darauf, mir die Kunst der Seefahrt zu erklären. »Brummbär-Bill hat mir alles beigebracht«, sagte sie, »und jetzt bringe ich es dir bei. Ich weiß, dass das nicht auf dem Lehrplan steht, aber was soll's? Wer weiß, wann du's mal brauchen kannst.« Also zeigte sie mir, wie man mit dem Sextanten umging, sich mit dem Kompass orientierte, den Kurs auf der Karte einzeichnete. Ich musste ausnahmslos jeden Morgen und jeden Abend Längen- und Breitengrad ins Logbuch eintragen.

Ich glaube, zuvor hatte ich die Sterne nie großartig beachtet. Aber jetzt waren die Sterne meine einzigen Begleiter, wenn ich nachts die Wache hatte, die *Peggy Sue* per Selbststeuerung fuhr und die anderen unter Deck schliefen. Wenn ich zum Sternenhimmel hochsah, war mir manchmal, als wären wir die letzten noch lebenden Menschen auf der ganzen Welt. Es gab nur noch uns und das dunkle Meer um uns herum und die Millionen Sterne am Himmel.

Bei diesen Nachtwachen machte ich auch häufig meine Englisch-»Hausaufgaben«. Ich schrieb meine eigene Version des Logbuchs. Die musste ich meinen Eltern zwar nicht zeigen, aber sie ermunterten mich alle paar Wochen, es weiterzuführen. Sie sagten, das würde dann mein ganz persönliches, privates Reisetagebuch.

In der Schule war ich im Aufsatzschreiben nicht besonders gut gewesen. Ich wusste nie, was ich schreiben oder womit ich beginnen sollte. Aber auf der *Peggy Sue* schrieb ich los, sobald ich mein Logbuch aufgeschlagen hatte. Es gab immer so vieles, was ich festhalten wollte. Und das ist genau der Punkt. Mir kam es gar nicht so vor, als würde ich etwas aufschreiben. Ich *erzählte* es. Ich redete im Kopf und das floss dann meinen Arm hinunter, durch meine Finger und den Stift aufs Papier. Und genau so liest es sich jetzt, da so viele Jahre vergangen sind – als würde ich sprechen.

Ich schaue mir gerade mein Logbuch an. Das Papier ist

ein bisschen gewellt und die Seiten vergilbt. Mein Gekritzel ist etwas verblasst in all der Zeit, aber das meiste kann man noch gut lesen. Ich füge jetzt ein paar ausgesuchte Einträge aus diesem Logbuch ein. Sie sind ziemlich kurz, aber sie erzählen trotzdem alles, was passierte, bis ich auf der Insel landete. So habe ich unsere große Reise erlebt und aufgeschrieben. So habe ich es als Elfjähriger empfunden, als wir an Bord der *Peggy Sue* die endlosen Ozeane dieser Welt durchfuhren.

3. Kapitel

DAS LOGBUCH

20. September 1987

Es ist fünf Uhr früh. Ich habe die Wache, alle anderen schlafen. Vor zehn Tagen haben wir Southampton verlassen. Der Kanal war voller Tankschiffe. Zu Dutzenden fuhren sie rauf und runter. Also haben Mum und Dad in den ersten zwei Nächten abwechselnd Wache geschoben. Mich haben sie nicht gelassen. Ich weiß nicht, wieso. Nebel gab es jedenfalls keinen und ich kann genauso gut sehen wie sie. Wir hatten vor, etwa 200 Meilen pro Tag zurückzulegen, also etwa mit acht Knoten zu fahren. Aber in der ersten Woche waren wir schon froh, wenn wir fünfzig Meilen am Tag schafften. Brummbär-Bill hatte uns vor dem Golf von Biskaya gewarnt, also dachten wir uns schon, dass es schlimm werden würde, und das wurde es dann auch. Sturm bei Windstärke 9. Manchmal 10. Wir wurden ständig hin- und hergeschleudert. Ich hab schon befürchtet, dass wir untergehen. Wirklich wahr. Einmal, als wir auf einen Wellengipfel hinaufschossen, zeigte der Bug der *Peggy Sue* direkt zum Mond hinauf. Als würde sie gleich abheben. Und dann sind wir auf der anderen Seite so schnell hinuntergestürzt, dass ich fast sicher war, wir würden bis zum Meeresgrund tauchen. Das war schlimm. Ich meine, es war schrecklich, echt schrecklich. Aber die *Peggy Sue* ist nicht auseinander gefallen und wir haben es nach Spanien geschafft.

Mum rastet manchmal richtig aus, wenn wir etwas falsch machen. Dad scheint das nichts auszumachen, nicht hier draußen, auf See. Er zwinkert mir dann bloß zu und wir machen weiter mit der Arbeit. Sie spielen ziemlich oft Schach, wenn es ruhig genug ist. Bisher führt Dad, fünf zu drei Spiele. Mum sagt, das ist ihr egal, aber das stimmt nicht. Ich seh's ihr an.

In La Coruña sind wir nur zwei Tage geblieben. Mum hat viel geschlafen. Sie war wirklich sehr müde. Dad hat in der Zeit was an der Rudertrosse gemacht. Aber zufrieden ist er damit immer noch nicht. Vor zwei Tagen haben wir Kurs auf die Azoren genommen.

Gestern war der bisher beste Tag zum Segeln. Kräftiger Wind, blauer Himmel und Sonnenschein zum Sachentrocknen. Meine kurze blaue Hose wurde von der Leine ins Meer gepustet. Macht nichts. Ich hab sie sowieso nicht besonders gern getragen. Den ganzen Nachmittag haben immer wieder ein paar Tölpel die Wellen durchschnitten. Toller Anblick. Stella Artois ist fast ausgeflippt.

Ich hab diesen ewigen Bohneneintopf jetzt schon satt, dabei haben wir noch einen riesigen Vorrat davon unter Deck.

11. Oktober

Heute hab ich Afrika gesehen! Es war ziemlich weit weg, aber Mum hat gesagt, es war hundertprozentig Afrika. Wir fahren die Westküste entlang nach Süden. Mum hat's mir auf der Karte gezeigt. Der Wind wird uns ein paar hundert Meilen die Küste runtertreiben und dann über den Atlantik rüber nach Südamerika. Wir dürfen nicht vom Kurs abkommen, sonst geraten wir in die Kalmenzone. Da gibt's überhaupt keinen Wind und wir kämen vielleicht wochenlang nicht weiter, vielleicht auch nie mehr.

Heute ist der heißeste Tag bisher. Dad ist ganz rot im Gesicht und die Haut pellt sich auf seinen Ohren. Ich bin eher nussbraun, wie Mum.

Ganz früh am Morgen hab ich Fliegende Fische gesehen, und Stella auch. Dann hat Mum backbord achteraus einen Hai entdeckt. Sie meint, wahrscheinlich ein Riesenhai. Ich hab mein Fernglas rausgeholt, ihn aber nicht mehr gesehen. Mum hat gesagt, ich muss es trotzdem aufschreiben und die Fische zeichnen. Ich hab im Bestimmungsbuch nachgeschlagen. Riesenhaie sind zwar wirklich mächtig groß, fressen aber keine Menschen, nur Fische und Plankton. Ich zeichne gern. Der Fliegende Fisch ist mir bisher am besten gelungen.

Von den Kapverdischen Inseln hab ich Eddie eine Ansichtskarte geschickt. Ich wünschte, er wäre hier. Wir hätten bestimmt jede Menge Spaß.

Stella jagt den Fußball gern durch die ganze Kabine und beißt drauf herum. Eines Tages wird sie ihn noch zum Platzen bringen, da bin ich mir sicher.

Dad ist heute nicht so gut drauf und Mum hat sich hingelegt. Sie hat Kopfschmerzen. Ich glaube, sie hatten ein bisschen Knatsch. Keine Ahnung, worum es genau ging, aber ich denke, um Schach.

16. November

Gerade haben wir in Recife abgelegt. Das liegt in Brasilien. Vier Tage waren wir da. Wir mussten einiges am Boot reparieren. Mit dem Windgenerator stimmte was nicht und die Rudertrosse klemmt immer noch.

Ich hab in Brasilien Fußball gespielt! Hast du das gehört, Eddie? Ich hab in Brasilien Fußball gespielt, und zwar mit deinem Glücksfußball. Dad und ich haben bloß ein bisschen am Strand herumgekickt, und da kamen ruckzuck zehn, zwölf Kinder und haben mitgespielt. Es war ein tolles Spiel. Dad hat alles geregelt. Wir haben Mannschaften gebildet. Ich habe meine Mannschaft »Schlammlerchen« genannt und er seine »Brasilien«, also wollten sie natürlich alle in seiner Mannschaft spielen. Aber Mum ist bei mir mit eingestiegen und wir haben gewonnen, 5 : 3. Danach hat Mum alle auf eine Cola aufs Boot eingeladen. Stella hat geknurrt und die Zähne gefletscht, also mussten wir sie in die Kabine sperren. Die Jungs haben ihr Englisch für uns zum Besten gegeben. Sie kannten nur zwei englische Wörter: Goal und Manchester United. Na ja, das sind wohl drei.

Mum hat die Filme entwickeln lassen. Auf dem einen Foto sind ein paar springende Delphine zu sehen, auf einem anderen ich, wie ich an der Winsch stehe. Dann eins von Mum am Steuer und eins von Dad, wie er das Großsegel einholt und dabei alles durcheinander bringt. Auf einem anderen Bild springe ich von einem Felsen ins Wasser – da hatten wir auf den Kanaren Halt gemacht. Auf einem anderen sieht man Dad, wie er beim Sonnen an Deck eingeschlafen ist, und Mum kichert. Sie will ihm gerade die Sonnencreme über den ganzen Bauch schmieren. (Das Foto hab ich behalten, es ist mein bestes.) Und dann ist da noch eins von mir, wie ich über dem Mathebuch sitze und schmolle und die Zunge rausstrecke.

25. Dezember

Weihnachten auf hoher See. Dad hat im Radio einen Sender gefunden, der Weihnachtslieder spielt. Wir haben Plätzchen gegessen – sie waren alle ziemlich feucht, sodass sie überhaupt nicht geknackt haben – und das Früchtebrot, das Gran uns eingepackt hat. Ich hab meinen Eltern je eine Zeichnung geschenkt – Dad meinen Fliegenden Fisch und Mum ein Bild von ihr als Skipper, wie sie da mit ihrer Mütze am Steuer steht. Sie haben mir ein richtig tolles Messer geschenkt, das sie in Rio gekauft hatten.

Also hab ich ihnen im Gegenzug ein Geldstück gegeben, das muss man tun, wenn man etwas geschenkt kriegt. Sonst bringt es Unglück.

In Rio haben wir die *Peggy Sue* von oben bis unten so richtig geschrubbt. Sie sah innen und außen ein bisschen schmuddelig aus, aber jetzt nicht mehr. Wir haben für die lange Überfahrt nach Südafrika viele Vorräte und Wasser eingeladen. Mum sagt, es wird alles gut gehen, solange wir südlich bleiben, solange wir mit dem Strom mitschwimmen, der im Südatlantik von West nach Ost fließt.

Vor ein paar Tagen sind wir an einer Insel namens St. Helena vorbeigefahren. Kein Grund anzulegen. Da gibt's nicht viel, außer dass Napoleon da mal im Exil war und dort gestorben ist. Einsamer Platz zum Sterben! Also musste ich natürlich ein Geschichtsprojekt über Napoleon bearbeiten. Ich musste nachschauen, was über ihn im Lexikon steht, und etwas über ihn schreiben. Es war ziemlich interessant, aber das hab ich ihnen nicht gesagt.

Stella liegt in meiner Koje und schmollt. Vielleicht, weil ihr keiner was zu Weihnachten geschenkt hat. Ich hab ihr einen Bissen von Grans Weihnachtsbrot angeboten, aber sie hat nicht mal richtig dran geschnuppert. Kann ich ihr nicht verdenken. Heute hab ich eine andere

Segelyacht gesehen. Wir haben »Frohe Weihnachten« rübergerufen und gewinkt und Stella hat aus Leibeskräften gebellt, aber sie war zu weit weg. Als das Segel verschwand, war das Meer plötzlich sehr leer.

Heute Abend hat Mum beim Schach gewonnen. Sie führt jetzt, mit einundzwanzig zu zwanzig Spielen. Dad hat gesagt, er hätte sie gewinnen lassen, weil Weihnachten ist. Sie reißen viele Witze darüber, aber sie wollen beide gewinnen.

1. Januar 1988

Wieder Afrika! Kapstadt. Tafelberg. Und diesmal sind wir nicht bloß vorbeigesegelt – wir werden dort anlegen. Das haben sie mir an diesem Abend gesagt. Sie wollten es mir nicht früher sagen, für den Fall, dass wir's uns nicht leisten können, aber wir können. Wir bleiben zwei Wochen, vielleicht auch länger. Wir werden wild lebende Elefanten und Löwen sehen. Ich kann's nicht fassen. Ich glaube, meine Eltern auch nicht. Als sie's mir gesagt haben, waren sie wie zwei Kinder, haben ständig gekichert und gelacht. Zu Hause waren sie nie so ausgelassen. Zurzeit lächeln sie einander ziemlich viel an.

Mum hat Magenkrämpfe. Dad sagt, dass sie in Kapstadt

zum Arzt gehen soll, aber sie will nicht. Ich glaube, das liegt an dem vielen Bohneneintopf. Das Gute ist, dass uns die Bohnen endlich ausgegangen sind. Das Schlechte ist, dass es heute zum Abendessen Sardinen gab. Igitt!

7. Februar

Wir sind mitten im Indischen Ozean, Hunderte von Meilen von der nächsten Küste entfernt, und dann passiert so was. Stella kommt normalerweise nur an Deck, wenn das Meer ganz glatt ist. Ich weiß nicht, warum sie jetzt raufgekommen ist. Ich weiß nicht, warum sie da war. Ich glaube, wir waren alle ziemlich beschäftigt. Dad hat in der Kombüse irgendwas gebrutzelt und Mum hat am Steuer gestanden. Ich hab eine Navigationsübung gemacht – mit dem Sextanten den Standort ermitteln. Die *Peggy Sue* hat ein bisschen geschlingert, deswegen musste ich mich festhalten. Da hab ich hochgeschaut und Stella am Bug gesehen. Den einen Augenblick stand sie da, im nächsten war sie verschwunden.

Die Mann-über-Bord-Geschichte haben wir mit Brummbär-Bill im Solent bestimmt hundertmal trainiert. Rufen und zeigen. Immer weiter rufen. Immer weiter zeigen. In den Wind drehen. Segel schnell einholen. Motor an. Als Dad das Großsegel und den Klüver unten hatte, waren wir schon wieder auf dem Weg zu Stella. Ich war fürs Zeigen verantwortlich und fürs Rufen auch.

Stella paddelte inmitten einer bedrohlich aufragenden grünen Welle um ihr Leben. Dad beugte sich über die Reling und streckte die Hand nach ihr aus, aber Mum hüpfte im Quadrat, weil er seinen Sicherheitsgurt nicht anhatte. Sie versuchte das Boot so nah wie möglich an Stella ranzubringen, und das auch noch so behutsam wie möglich, aber im letzten Augenblick schubste eine Welle Stella von uns weg. Wir mussten wieder umdrehen und noch mal kommen. Ich war die ganze Zeit am Rufen und Zeigen. Dreimal haben wir es versucht, aber jedes Mal haben wir sie verfehlt. Entweder wir waren zu schnell oder sie war außer Reichweite. Sie war inzwischen schon ziemlich schwach und paddelte kaum noch; sie war am Untergehen. Wir hatten nur noch eine einzige Chance. Also sind wir wieder rangefahren, und diesmal war's perfekt und nah genug, dass Dad Stella packen konnte. Zu dritt haben wir es geschafft, sie reinzuhieven, am Halsband, am Schwanz. Ich bekam ein »Gut gemacht, Affengesicht« von Dad und Dad bekam einen Riesenrüffel von Mum, weil er seinen Sicherheitsgurt nicht angehabt hatte.

Dad nahm sie einfach in die Arme und da hat sie geweint. Stella hat sich geschüttelt und dann nach unten verzogen, als wäre nichts passiert.

Mum hat dann eine eiserne Regel aufgestellt. Stella Artois darf nicht an Deck – egal, welches Wetter herrscht –, wenn sie keinen Sicherheitsgurt anhat, genau wie wir. Dad will ihr einen machen.

Ich träume immer noch von den Elefanten in Südafrika. Die sind so schön behäbig und nachdenklich. Und dann ihre klugen, traurigen Augen. Ich weiß noch, wie diese hochnäsigen Giraffen zu mir runtergeschaut haben und das Löwenbaby mit dem Schwanz seiner Mutter im Maul eingeschlafen ist. Ich hab viele Zeichnungen gemacht, die sehe ich mir zur Erinnerung immer wieder an. Die Sonne ist in Afrika so groß, so rot.

Australien kommt als Nächstes. Kängurus und Beutelratten und Wombats. Wir wollen Onkel John in Perth besuchen. Ich hab schon Fotos von ihm gesehen, aber kennen gelernt hab ich ihn bisher nicht. Dad hat heute Abend gesagt, er ist bloß ein entfernter Onkel. »Sehr entfernt«, hat Mum gesagt, dann haben sie beide gelacht. Ich hab den Witz nicht gleich verstanden, erst später, als ich meine Wache angetreten hab.

Die Sterne sind so hell und wir haben Stella gerettet. Ich glaube, so glücklich war ich in meinem ganzen Leben noch nicht.

3. April

Kurz vor Perth, Australien. Bis heute war da nichts außer Wasser und noch mal Wasser, den ganzen Weg von Afrika bis hierher. Es gefällt mir immer besser, wenn wir ganz allein sind mit der *Peggy Sue* und dem Meer. Ich glaube, die anderen finden das auch schön. Aber wenn Land in Sicht kommt, sind wir trotzdem alle ganz aufgeregt. Als wir Australien erblickt haben, sind wir uns in die Arme gefallen und an Deck herumgehüpft. Es ist, als wären wir die ersten Menschen, die Australien entdecken. Stella Artois hat uns angebellt, als wären wir total verrückt geworden, und wahrscheinlich sind wir das auch. Aber wir haben's geschafft. Wir sind die ganze Strecke von England nach Australien gesegelt. Das ist halb um die Welt herum. Und wir haben es ganz allein geschafft.

Mum hat in der letzten Zeit wieder solche Magenkrämpfe gehabt! In Australien muss sie endlich zum Arzt. Sie hat's uns versprochen und wir werden dafür sorgen, dass sie's auch einhält.

28. Mai

Nach über sechs Wochen bei Onkel John wieder auf See. Wir hatten gedacht, wir würden nur ein paar Tage in Perth bleiben, aber er sagte, wir müssten uns Australien schon richtig anschauen, wenn wir schon mal da wären. Wir haben bei ihm und seiner Familie auf einer riesigen Farm gewohnt. Tausende Schafe. Er hat auch jede Menge Pferde, also bin ich mit meinen zwei Kusinen, Beth und Liza, oft ausgeritten. Sie sind erst sieben und acht, aber sie können richtig gut reiten. Sie haben immer Mikey zu mir gesagt und zum Schluss wollten sie mich beide heiraten. Aber wir werden stattdessen Brieffreunde.

Einmal hab ich eine Schlange gesehen, die Mokassinschlange heißt. Onkel John sagte, sie hätte mich töten können, wenn ich draufgetreten wäre. Er hat mir auch eingebläut, auf der Toilette nach Rotrückenspinnen Ausschau zu halten. Danach bin ich nicht mehr sehr oft auf die Toilette gegangen.

Sie haben uns »die Pommy-Verwandten« genannt, so heißen in Australien die Einwanderer aus England. Und jeden Abend haben wir gegrillt. Wir hatten eine tolle Zeit bei Onkel John.

Aber ich hab mich auch wieder auf die *Peggy Sue* gefreut. Während wir in Australien waren, hab ich sie richtig vermisst, so wie ich Eddie vermisse. Ich schicke ihm immer wieder Postkarten, lustige Tierpostkarten, wenn ich welche finde. Ich hab ihm eine mit einem Wombat geschickt. Ich hab auch einen echten Wombat gesehen und Hunderte von Beutelratten und jede Menge Kängurus. Außerdem gibt's in Australien weiße Kakadus, die sind da wie bei uns die Spatzen – zu Millionen! Aber hier auf dem Meer haben wir wieder die Möwen. Egal, wo wir auf der Welt hingekommen sind, Möwen gab's überall. Wir wollen nach Sydney rüber, das Große Barrier-Riff ein bisschen erkunden und dann durch das Korallenmeer in Richtung Neuguinea.

Mums Magenkrämpfe sind viel besser geworden. Der Arzt in Australien hat gesagt, wahrscheinlich hätte sie mal was Falsches gegessen. Wie auch immer, jetzt geht's ihr jedenfalls besser.

Es ist richtig heiß und schwül. Und die See ist ganz ruhig. Kein Wind. Wir kommen kaum voran. Ich kann keine Wolken sehen, aber ich bin sicher, dass bald ein Sturm kommt. Ich spür's.

28. Juli

Ich sehe mich um. Die Nacht ist dunkel, echt dunkel. Kein Mond. Keine Sterne. Aber es ist wieder ruhig, endlich. Morgen werde ich zwölf, aber ich glaube, außer mir denkt keiner dran.

Wir haben eine fürchterliche Zeit hinter uns, noch schlimmer als im Golf von Biskaya. Seit wir Sydney verlassen haben, gab's einen Sturm nach dem anderen, und jeder hat uns übers Korallenmeer noch weiter nach Norden geblasen. Die Rudertrosse ist gerissen. Dad tut, was er kann, aber sie ist immer noch nicht richtig in Ordnung. Die Selbststeuerungsanlage funktioniert auch nicht mehr, deswegen muss immer jemand am Steuer sein. Das heißt, entweder Dad oder ich, denn Mum ist krank. Sie hat wieder Magenkrämpfe, aber jetzt sind sie viel schlimmer. Sie will überhaupt nichts essen. Trinkt nur Zuckerwasser. Seit drei Tagen kann sie nicht einmal mehr die Karten lesen. Dad wollte schon einen Notruf funken, aber Mum hat ihn nicht gelassen. Sie sagt, das hieße aufgeben, und sie gibt nie auf. Dad und ich kümmern uns jetzt zusammen um die Navigation. Wir tun unser Bestes, aber ich glaube, so ganz wissen wir nicht mehr, wo wir sind.

Jetzt schlafen sie beide unter Deck. Dad ist richtig am Ende. Ich stehe im Cockpit am Steuer. Ich hab Eddies Fußball dabei. Bisher hat er uns immer Glück gebracht. Und jetzt können wir Glück wirklich gut gebrauchen. Wenn es Mum nicht bald besser geht, stecken wir ganz schön in Schwierigkeiten. Ich weiß nicht, ob wir einen weiteren Sturm überstehen könnten.

Gott sei Dank ist es ruhig. Da kann Mum besser schlafen. Man kann nicht schlafen, wenn man ständig hin- und hergeschleudert wird.

Es ist so dunkel da draußen. Schwarz. Stella bellt. Sie steht oben am Bug. Sie hat ihren Sicherheitsgurt nicht an.

Das waren die letzten Worte, die ich in mein Logbuch schrieb. Dann folgen nur noch leere Seiten. Aber das Abenteuer begann erst richtig.

Ich rief Stella zu mir, aber sie wollte nicht kommen. Also verließ ich das Cockpit und ging nach vorn, um sie zu holen. Ich nahm den Ball mit, um sie damit vom Bug wegzulocken, und kauerte mich vor ihr nieder. »Komm schon, Stella«, sagte ich und ließ den Ball zwischen meinen Händen hin- und herrollen, »komm, hol dir den Ball.«

Ich spürte, wie das Boot sich im Wind leicht drehte, und da wusste ich, ich hätte nicht vom Steuer weggehen sollen. Plötzlich rollte mir der Ball davon. Ich hechtete hinterher, aber er war schon über die Reling gekullert, bevor ich ihn greifen konnte. Ich lag da, bäuchlings auf dem Deck ausgestreckt, und schaute zu, wie er auf- und abwippend in der Dunkelheit verschwand. Ich war wütend auf meine Dummheit.

Auf einmal – ich schimpfte immer noch mit mir selbst – war mir, als hörte ich von irgendwoher Gesang. Da draußen in der Finsternis sang jemand! Ich rief, aber es kam keine Antwort. *Das* war es also gewesen, was Stella angekläfft hatte.

Ich schaute noch einmal meinem Ball nach, aber nun war er endgültig verschwunden. Dieser Ball war für mich sehr kostbar gewesen, für uns alle. Ich wusste, dass ich weit mehr als einen Fußball verloren hatte.

Ich war böse auf Stella. Sie war schuld an allem. Sie bellte immer noch. Den Gesang hörte ich jetzt nicht mehr. Ich rief wieder nach ihr, pfiff sie zu mir her. Aber sie wollte nicht kommen. Ich stand auf und ging nach vorn, packte sie am Halsband und zog. Sie bewegte sich keinen Millimeter. Ich konnte sie schlecht das ganze Stück hinter mir herzerren, also bückte ich mich, um sie hochzuheben. Sie wollte immer noch nicht. Dann hielt ich sie endlich in den Armen, aber sie wand sich und strampelte.

Über meinem Kopf hörte ich den Wind in den Segeln. Ich weiß noch, dass ich dachte: Was du da tust, ist vollkommen idiotisch. Du hast deinen Sicherheitsgurt nicht an, du hast deine Rettungsweste nicht an, du solltest das hier nicht tun.

Dann kippte das Boot heftig zur Seite und ich fiel. Mit Stella auf dem Arm hatte ich keine Chance, nach der Reling zu greifen. Wir lagen schon im Wasser, bevor ich überhaupt den Mund aufmachen konnte, um zu schreien.

4. Kapitel

GIBBONS UND GEISTER

Die Ängste kamen ganz schnell über mich, eine nach der anderen. Die Lichter der *Peggy Sue* waren bereits von der dunklen Nacht verschluckt, und da war ich, allein im Ozean, allein mit der Gewissheit, dass meine Eltern schon zu weit weg waren, um meine Hilfeschreie zu hören. Dann dachte ich an die Haie, die möglicherweise im schwarzen Wasser um mich herum lauerten – mich rochen, mich umkreisten, mich ins Visier nahmen –, und ich wusste, dass es keine Hoffnung gab. Ich würde bei lebendigem Leibe aufgefressen werden. Entweder das oder ich würde langsam ertrinken. Nichts und niemand konnte mich retten.

Verzweifelt strampelte ich, starrte in die undurchdringliche Finsternis auf der Suche nach etwas, irgendetwas, worauf ich zuschwimmen konnte. Da war nichts.

Dann, plötzlich, leuchtete ein weißer Punkt im Wasser

auf. Vielleicht eine sich brechende Welle. Aber es gab keine Wellen. Stella! Sie musste es sein. Ich war so dankbar, so erleichtert, dass ich nicht allein war. Ich rief nach ihr und schwamm auf sie zu. Immer wieder dümpelte sie von mir weg, verschwand, tauchte wieder auf, nur um dann gleich wieder zu verschwinden. Sie schien so nahe zu sein, aber es kostete mich mehrere Minuten angestrengten Schwimmens, bis ich endlich die Hand ausstrecken und sie berühren konnte. Erst jetzt erkannte ich meinen Irrtum. Stellas Kopf war zum größten Teil schwarz. Das hier war weiß. Es war mein Fußball. Ich packte ihn und klammerte mich daran fest, hocherfreut darüber, wie überraschend viel Auftrieb er hatte. Immer noch strampelte ich heftig mit den Beinen und rief nach Stella. Aber es kam keine Antwort. Ich rief und rief. Aber jedes Mal, wenn ich den Mund aufmachte, schwappte nur Salzwasser hinein. Ich musste Stella aufgeben, musste mich selber retten, falls das überhaupt möglich war.

Es hatte wenig Sinn, meine Kräfte mit Schwimmen zu vergeuden. Wo sollte ich denn überhaupt hinschwimmen? Besser, ich ließ mich einfach treiben. Mich an meinen Fußball klammern, ganz langsam Wasser treten und darauf warten, dass die *Peggy Sue* zurückkam. Früher oder später mussten sie doch entdecken, dass ich über Bord gegangen war. Früher oder später würden sie kommen und mich suchen. Ich durfte nur nicht zu viel strampeln, nur gerade genug, um mein Kinn über Wasser zu halten, mehr nicht. Zu viel Bewegung würde die Haie anlocken. Der Morgen war bestimmt nicht mehr weit. Bis dahin musste ich durchhalten. Ich musste. So kalt war das Wasser nicht. Ich hatte meinen Fußball. Ich hatte eine Chance.

Immer wieder sagte ich mir das vor, immer wieder. Aber die Welt um mich herum blieb schwarz und ich spürte, wie das Wasser mich langsam erstarren ließ. Um mit dem Zittern aufzuhören und um mich von den Haien abzulenken, fing ich an zu singen. Ich sang jedes Lied, an das ich mich erinnern konnte, aber nach einer Weile fielen mir die Texte nicht mehr ein. Ich kam ständig auf das eine Lied zurück, von dem ich sicher war, dass ich mich an alle Strophen erinnern konnte: *Ten Green Bottles*. Ich sang laut, immer und immer wieder denselben Text. Es war tröstlich, den Klang der eigenen Stimme zu hören, ich fühlte mich dadurch weniger einsam. Ständig hielt ich Ausschau nach dem grauen Licht der Morgendämmerung, aber es wollte und wollte einfach nicht kommen.

Schließlich verstummte ich; die Beine konnte ich auch nicht mehr bewegen. Ich klammerte mich an meinen Fußball, während mein Kopf immer wieder langsam zur Seite kippte und ich merkte, dass ich am Einschlafen war. Ich wusste, ich durfte das nicht, aber ich konnte einfach nicht anders. Immer wieder rutschten mir die Hände vom Ball. Meine letzten Kräfte verließen mich rasch. Ich würde untergehen, bis ganz runter zum Meeresboden, und dort zwischen Seetang und Schiffswracks und den Knochen ertrunkener Matrosen mein Grab finden.

Das Merkwürdige war, dass es mir kaum etwas ausmachte. Es kümmerte mich nicht, jetzt nicht mehr. Ich driftete in den Schlaf, in meine Träume. Und im Traum sah ich ein Boot, das langsam und lautlos über das Wasser zu mir herglitt. Die *Peggy Sue*! Liebe, liebe *Peggy Sue*! Sie waren zurückgekommen, um mich zu holen. Ich hatte doch gewusst, dass sie kommen würden.

Starke Arme griffen nach mir. Ich wurde hinaufgezogen, raus aus dem Wasser. Dann lag ich auf dem Bootsdeck und schnappte nach Luft wie ein gestrandeter Fisch.

Jemand beugte sich über mich, schüttelte mich, redete auf mich ein. Ich konnte kein Wort verstehen. Aber das machte nichts. Ich spürte Stellas heißen Atem auf meinem

Gesicht, fühlte, wie sie mir mit der Zunge übers Ohr schleckte. Sie war in Sicherheit. Ich war in Sicherheit. Alles war gut.

Ein Heulen weckte mich, ein Heulen wie von einem Sturmwind, der durch die Masten streift. Ich sah mich um. Da waren keine Masten über mir, keine Segel. Unter mir auch kein Schlingern und um mich herum kein Windstoß. Stella Artois bellte, aber irgendwo in der Ferne. Ich befand mich überhaupt nicht auf einem Boot, sondern lag ausgestreckt auf sandigem Boden. Das Heulen verwandelte sich in Schreien, ein Angst einflößendes, sich steigerndes Kreischen, das schließlich in seinem eigenen Echo erstarb.

Ich richtete mich auf. Ein Strand, ein breiter weißer Sandstreifen, und hinter mir wuchsen dicke, üppige Bäume bis fast zum Meer herunter. Dann sah ich Stella. Sie tänzelte im seichten Wasser. Ich rief nach ihr und sie kam angesprungen, mit wild wedelndem Schwanz, um mich zu begrüßen. Nachdem das Abschlecken und Anspringen und Drücken vorbei war, rappelte ich mich auf.

Mir war ganz elend. Ich sah mich um. Der endlose blaue Ozean war ebenso leer wie der wolkenlose Himmel über meinem Kopf. Keine *Peggy Sue*. Kein Boot. Nichts. Niemand. Immer wieder rief ich nach meiner Mutter und meinem Vater. Ich rief und rief, bis mir die Tränen kamen und ich nicht mehr rufen konnte und ich wusste, es hatte keinen Sinn.

Ich versuchte mir zusammenzureimen, wie ich hierher gekommen war, wie ich hatte überleben können. Meine Erinnerungen waren ganz verworren – ich hatte gedacht, man hätte mich aus dem Wasser gefischt, an Bord der *Peggy Sue* gehievt. Aber jetzt war mir klar, so konnte es nicht gewesen sein. Ich musste es geträumt haben, die ganze Geschichte meiner Rettung. Ich musste mich, an meinen Fußball geklammert, irgendwie über Wasser gehalten haben, bis ich ans Ufer gespült worden war. Ich schaute mich nach dem Ball um, aber er war nirgends zu sehen.

Stella machte sich über das Warum und Wieso natürlich keinerlei Gedanken. Immer wieder brachte sie mir Stöckchen, die ich für sie werfen sollte, und sprang ihnen unbekümmert ins Wasser nach, als gäbe es keine einzige Sorge auf der Welt.

Auf einmal ertönte das Heulen wieder. Es kam von den Bäumen her und Stella stellte die Nackenhaare auf. Unaufhörlich bellend rannte sie am Strand auf und ab, bis sie sicher war, dass sie auch das letzte Echo zum Verstummen gebracht hatte. Diesmal war es ein melodisches, wehmütiges Heulen gewesen, kein bedrohliches. Mir war, als hätte ich es wiedererkannt. So etwas Ähnliches hatte ich schon mal gehört, bei einem Besuch im Londoner Zoo. Gibbons, »schissige Gibbons«, wie mein Vater sie genannt hatte, ich weiß bis heute nicht, warum. Aber mir hatte damals der Ausdruck »schissige Gibbons« gefallen. Vielleicht fiel mir deswegen ein, woher das Heulen kam.

»Das sind nur Gibbons«, sagte ich zu Stella, »nur ein paar schissige Gibbons. Die tun uns nichts.« Aber ich war mir nicht sicher, ob das stimmte.

Von da, wo ich jetzt stand, konnte ich sehen, dass der Wald an der Flanke eines höheren Berges ein bisschen weiter landeinwärts spärlicher wuchs. Wenn ich da hinaufkletterte, konnte ich vielleicht das Meer besser überblicken. Und vielleicht gab es landeinwärts ein Haus, eine Farm, eine Straße, und ich konnte Hilfe finden? Aber wenn ich vom Strand wegging und meine Eltern kamen zurück, um mich zu suchen, was dann? Ich entschied, dass ich das Risiko eingehen musste.

Ich rannte los, Stella Artois auf den Fersen, und war bald darauf im kühlenden Schatten des Waldes. Ich entdeckte einen schmalen Pfad, der bergan führte, in die richtige Richtung, wie mir schien. Also folgte ich ihm, und erst als der Anstieg zu steil wurde, ging ich langsamer. Der Dschungel war voller Leben. Vögel gackerten und kreischten hoch über mir und ständig war dieses Heulen zwischen den Bäumen, wehklagend, wenn auch entfernter jetzt.

Aber es waren nicht die Geräusche des Waldes, die mir Sorgen machten, es waren die Augen. Mir war, als würde ich von tausend neugierigen Augen beobachtet. Ich glaube, Stella hatte dasselbe Gefühl, denn seit wir den Wald betreten hatten, war sie merkwürdig still geworden und sah immer wieder Hilfe und Trost suchend zu mir hoch. Ich tat mein Bestes, um sie zu beruhigen, aber sie spürte, dass ich selbst Angst hatte.

Was mir zunächst wie eine kurze Wanderung vorgekommen war, entpuppte sich als eine Expedition in die Tiefen des Dschungels. Erschöpft ließen wir schließlich die Bäume hinter uns, kletterten mühsam über ein scharfkantiges Geröllfeld und erreichten dann endlich den Gipfel.

Die Sonne brannte auf uns herab. Bis zu diesem Zeitpunkt hatte ich die drückende Hitze gar nicht richtig wahrgenommen. Ich suchte den Horizont ab. Im Dunstschleier des Meeres war kein Segel zu erkennen. Aber selbst wenn ich ein Segel sehen sollte, was konnte ich schon tun? Ich konnte kein Feuer machen, ich hatte keine Streichhölzer. Ich hatte davon gehört, dass die Höhlenmenschen zum Feuermachen früher zwei Stöcke aneinander gerieben hatten, aber das konnte ich sicher nicht. Ich sah mich um. Meer. Überall Meer. Meer. Nichts als Meer, auf allen Seiten. Ich war auf einer Insel. Ich war allein.

Die Insel war vielleicht zwei, drei Meilen lang, mehr nicht. Sie hatte in etwa die Form einer in die Länge gezogenen Erdnuss, nur dass das eine Ende stärker in die Länge gezogen war als das andere. Auf beiden Seiten erstreckte sich ein langer Streifen blendend weißen Sandes und am gegenüberliegenden Ende der Insel erhob sich ein zweiter Berg, dichter bewaldet und mit steileren Abhängen, aber nicht so hoch wie meiner. Bis auf die nackten Gipfel schien die ganze Insel von Wald bedeckt zu sein. So weit ich sehen konnte, keine Spur menschlichen Lebens.

Ich weiß noch, dass ich sogar an diesem ersten Morgen, als ich so dastand, voller Sorge, Angst und Zweifel angesichts meiner schlimmen Situation, die Schönheit der

Insel erkannte, die Schönheit dieses weiß gefassten Edelsteins inmitten des samtblau schimmernden Meeres. Vielleicht lag es daran, dass ich nicht vollkommen verzweifelte. Im Gegenteil, merkwürdigerweise war ich sogar in Hochstimmung. Ich war am Leben. Stella Artois war am Leben. Wir hatten überlebt.

Ich setzte mich in den Schatten eines großen Felsens. Die Gibbons stimmten im Wald einen erneuten Heul- und Klagegesang an, während ein Schwarm heiserer Vögel aus dem Baldachin der Bäume unter uns aufflatterte und über die Insel flog, um sich in den Bäumen des anderen Berges niederzulassen.

»Alles wird gut«, sagte ich zu Stella. »Mum und Dad werden zurückkommen und uns holen. Sie müssen. Sie werden. Sie werden kommen. Mum geht's bald besser und dann kommen sie. Sie lässt uns nicht einfach hier. Sie spürt uns auf, du wirst schon sehen. Wir müssen nur immer nach ihnen Ausschau halten – und am Leben bleiben. Wasser, wir brauchen Wasser. Aber die Affen schließlich auch, oder? Wir müssen es nur finden. Und etwas zu essen gibt es hier bestimmt auch – Obst oder Nüsse, irgendwas. Was auch immer die Affen fressen – für uns wird's auch gut sein.«

Es half, wenn ich meine Gedanken vor Stella laut aussprach, es drängte die Panik zurück, die mich nun in Wellen erfasste. In jenen ersten Stunden auf der Insel war es Stellas Nähe, die mich mehr tröstete als alles andere.

Es erschien mir ratsam, nicht sofort in den Wald zu stürzen auf der Suche nach Wasser – um ehrlich zu sein, hatte ich ohnehin zu viel Angst, als dass ich es hätte tun können –, sondern stattdessen erst einmal das Ufer zu erkunden. Vielleicht entdeckte ich einen Fluss oder Bach, der ins Meer mündete, und mit ein bisschen Glück konnte ich auch gleich etwas zu essen auftreiben.

Ich war guter Dinge, als ich wie eine Bergziege über das Geröllfeld zurück nach unten kletterte. Wo Affen leben, dachte ich, können wir auch leben. Immer wieder redete ich mir das ein. Bald wurde mir klar, dass es zwischen den Bäumen entlang des Pfades nichts Essbares zu finden gab. Ich sah zwar ein paar Früchte – jedenfalls sahen sie für mich aus wie Früchte – und Kokosnüsse gab es auch, aber es war unmöglich, auf die Bäume hochzuklettern. Manche ragten hundert, andere sogar zweihundert Fuß über dem Waldboden auf. So riesige Bäume hatte ich noch nie gesehen.

Zumindest gab mir das dichte Blätterdach Schutz vor

der Hitze des Tages. Trotzdem war ich langsam am Verdursten und Stella auch. Mit heraushängender Zunge trottete sie die ganze Zeit neben mir her. Jedes Mal, wenn ich sie ansah, warf sie mir einen niedergeschlagenen Blick zu, aber ich konnte ihr nicht helfen.

Wir erreichten unseren Strand wieder und machten uns daran, die Insel zu umrunden, wobei wir uns so gut wie möglich am Waldrand hielten, im Schatten. Aber wir fanden keinen Bach. Auch hier hingen Früchte an den Bäumen, aber immer zu hoch, und die Stämme waren immer zu glatt und nackt, als dass ich daran hätte hochklettern können. Auf dem Boden lagen jede Menge Kokosnüsse, aber sie waren immer schon aufgebrochen und leer.

Als der Strand immer schmaler wurde und schließlich aufhörte, mussten wir ganz in den Wald ausweichen. Auch hier fand ich einen Pfad, dem man folgen konnte, obwohl der Wald eigentlich vollkommen undurchdringlich, dunkel und bedrohlich war. Das Heulen war verstummt, dafür gab es unendlich viel Furchteinflößenderes: das Rauschen der Blätter, das Knacken von Zweigen, plötzliche, verstohlene Geräusche, und zwar ganz nah, überall um mich herum. Jetzt war ich mir ganz sicher, dass da Augen waren, die uns beobachteten. Wir wurden verfolgt.

Ich schluckte meine Angst so gut wie möglich runter und hastete weiter. Ich dachte an die Gibbons im Zoo und klammerte mich an den Gedanken, wie harmlos sie ausgesehen hatten. Sie würden uns in Ruhe lassen, sie würden uns bestimmt nicht angreifen. Sie waren keine Menschenfresser. Aber als die Geräusche noch näher kamen und noch bedrohlicher wurden, fiel es mir immer schwerer, mir das einzureden. Ich rannte los, bis der Pfad uns zu ein paar nackten Felsen führte, zum herrlichen Tageslicht. Und da war auch das Meer wieder.

Dieses Ende der Insel schien mit massigen Steinklötzen übersät zu sein, die wie umgestürzte Klippen das Seeufer säumten. Wir sprangen von einem zum anderen, und währenddessen hielt ich ständig Ausschau nach einem vom Wald herkommenden, durch die Felsen plätschernden Bach, aber auch da war kein Wasser.

Mittlerweile war ich völlig erschöpft. Ich setzte mich mit hämmerndem Herzen und trockenem Mund auf einen Stein, um etwas auszuruhen. Meine verzweifelten Gedanken machten mir schwer zu schaffen. Ich würde verdursten. Die Affen würden mich in Stücke reißen.

Stella sah mir in die Augen. »Es muss hier Wasser geben«, sagte ich zu ihr. »Muss es einfach.« Und, erwiderten ihre Augen, warum sitzt du dann hier und bemitleidest dich selbst?

Ich zwang mich aufzustehen und marschierte weiter. Das Meerwasser, das sich in manchen Felsvertiefungen angesammelt hatte, war so kühl, so verlockend. Ich probierte es, aber es war salzig und ekelhaft. Ich spuckte es gleich wieder aus. Man wird verrückt, wenn man es trinkt, das wusste ich.

Als wir den Strand auf der anderen Seite der Insel erreichten, stand die Sonne bereits tief am Himmel. Wir hatten die Insel nach meiner Einschätzung gerade mal halb umrundet. Sie war viel größer, als sie mir vom Gipfel aus betrachtet vorgekommen war. All meinen Anstrengungen zum Trotz hatte ich kein Wasser gefunden und nichts zu essen. Ich konnte keinen Schritt mehr weiter und Stella auch nicht. Sie lag bäuchlings neben mir im Sand und keuchte sich die Lungen aus dem Leib. Wir würden die Nacht genau da verbringen müssen, wo wir jetzt waren. Ich dachte zuerst daran, ein Stück weit in den Wald hineinzugehen, um unter den Bäumen zu schlafen – ich konnte mir ein weiches Lager aus herabgefallenen

Blättern machen, der Dschungelboden war voll davon –, aber ich traute mich nicht, nicht jetzt, wo die Schatten der Nacht so schnell über die Insel hereinbrachen.

Weit weg, in den Tiefen des Waldes, hatte das Heulen wieder eingesetzt, ein letztes, liebliches Abendlied, ein Gesang, der anhielt, bis die ganze Insel in Dunkelheit getaucht war. Insektenschwärme (oder jedenfalls nahm ich an, dass es Insekten waren) summten und sirrten aus dem Wald herüber. Ein hohles Klopfen war zu hören, wie von einem übereifrigen Specht. Dazu ein Scharren und Kratzen und ein heiseres, knurriges Geräusch, das sich nach Fröschen anhörte. Das ganze Dschungelorchester stimmte seine Instrumente. Aber es waren wiederum nicht diese Laute, die mich verstörten, sondern die Phantomaugen. Ich wollte von diesen Augen so weit weg sein wie möglich.

Am einen Ende des Strandes fand ich eine kleine Höhle, deren Boden mit Sand bedeckt war. Ich legte mich hin und versuchte einzuschlafen, aber Stella ließ mich nicht. Sie winselte vor Hunger und Durst, sodass ich immer nur für ein paar Minuten Schlaf fand.

Der Dschungel murmelte und schnatterte und krächzte und die ganze Nacht machten die Moskitos Jagd auf mich.

Sie trieben mich mit ihrem Gezirpe fast in den Wahnsinn. Ich legte mir die Hände auf die Ohren, um sie nicht mehr zu hören. Ich rollte mich um Stella zusammen, versuchte zu vergessen, wo ich war, mich in meinen Träumen zu verlieren. Da fiel mir ein, dass ich Geburtstag hatte, und ich erinnerte mich an meinen letzten Geburtstag, den ich zu Hause gefeiert hatte, mit Eddie und Matt. Ich dachte an das Grillfest im Garten und daran, wie gut die Würstchen geduftet hatten. Endlich schlief ich ein.

Frierend und hungrig und zitternd und von den Moskitos am ganzen Körper zerstochen wachte ich am nächsten Morgen auf. Ich brauchte ein paar Augenblicke, bis mir wieder einfiel, wo ich mich befand und was mir alles passiert war. Eine grausame Wirklichkeit nach der anderen stürzte auf mich ein: meine vollkommene Einsamkeit, die Trennung von meinen Eltern, die vielen Gefahren um mich herum.

Vor lauter Verzweiflung musste ich heftig weinen, doch da fiel mir auf, dass Stella nicht mehr da war. Ich rannte aus der Höhle. Stella war nirgends zu sehen. Ich rief nach ihr, lauschte auf ihr Gebell, aber das Heulen der Gibbons war die einzige Antwort. Dann drehte ich mich um – und sah sie. Sie stand oben auf den Felsen, weit über meiner Höhle, halb vor mir verborgen, aber ich konnte trotzdem sehen, dass sie den Kopf gesenkt hielt. Sie war eindeutig mit irgendetwas beschäftigt.

Ich kletterte hinauf, um nachzuschauen.

Schon bevor ich bei ihr ankam, hörte ich, wie sie trank, laut und gleichmäßig schlabberte, wie sie es immer tut. Sie sah nicht einmal auf, als ich mich näherte. Dann sah ich, dass sie aus einer Schale trank oder besser gesagt aus einer alten Blechdose. Gleich darauf fiel mir etwas ins Auge, das ein Stück oberhalb von Stella auf einem flachen Felsvorsprung lag. Ich überließ Stella ihrem Trinkrausch und stieg weiter hinauf, um mir alles genauer anzusehen. Da war eine zweite Schale mit Wasser und daneben lagen mehrere Palmblätter auf dem Stein, halb mit einer umgedrehten Blechdose bedeckt.

Ich setzte mich hin und trank das Wasser aus, ohne auch nur einmal Atem zu holen. Noch nie im Leben hatte mir Wasser so gut geschmeckt. Immer noch keuchend hob ich die Blechdose an. Fisch! Dünne Streifen von fast durchsichtigem, weißem Fischfleisch. Zu Dutzenden lagen sie ordentlich nebeneinander auf den Palmblättern, dazu fünf, sechs, sieben kleine rote Bananen. Rote Bananen!

Ich aß den Fisch zuerst, kostete jeden einzelnen der kostbaren Streifen aus. Aber schon während des Essens schaute ich mich um, suchte nach einem verräterischen Zittern der Blätter am Waldrand oder nach Fußabdrücken im Sand. Da war nichts. Und doch hatte mir jemand das Wasser und das Essen hingestellt. Da musste jemand sein, jemand, der mich beobachtete. Ich war nicht sicher, ob ich angesichts dieser Entdeckung Angst oder Freude empfinden sollte.

Stella unterbrach meine Gedanken. Sie winselte mich jammervoll an und ich wusste, dass sie diesmal nicht um Liebe oder Trost bettelte. Sie fing jedes Stückchen Fisch auf, das ich ihr zuwarf, verschlang es mit einem Haps und wartete auf das nächste Stück, den Kopf zur Seite geneigt, ein Ohr gespitzt. Ab jetzt hieß es: ein Stück für mich, ein Stück für sie. Beim Anblick ihrer flehenden Augen konnte ich einfach nicht anders handeln.

Der Fisch war roh, aber das war mir egal. Ich hatte zu viel Hunger, als dass es mir etwas ausgemacht hätte, und Stella ging es genauso. Die roten Bananen aß ich ganz allein, ich ließ keine einzige übrig. Sie schmeckten ganz anders als die Bananen zu Hause, viel süßer, viel saftiger, viel köstlicher. Ich hätte noch ein Dutzend davon essen können!

Als ich fertig war, stand ich auf und ließ den Blick über den Wald gleiten. Mein Wohltäter, wer auch immer er – oder sie – sein mochte, musste irgendwo in der Nähe sein. Ich war sicher, dass ich nichts zu befürchten hatte. Ich musste irgendwie Kontakt zu ihm aufnehmen. Ich legte die Hände trichterförmig um den Mund und rief immer wieder: »Danke! Danke! Danke!« Das Wort flog mit vielen Echos über die Insel. Auf einmal war der Dschungel wieder lebendig, von einem misstönenden Chor aus Gesang und Geheul, aus Jaulen und Krächzen und Knattern erfüllt. Stella bellte wütend zurück. Ich dagegen war plötzlich wie neugeboren, übermütig und unbeschreiblich glücklich. Ich hüpfte auf und ab und konnte einfach nicht aufhören zu lachen, bis mein Lachen sich in Freudentränen verwandelte. Ich war nicht allein auf dieser Insel! Wer auch immer da war, es musste ein guter Mensch sein. Warum sonst hätte er uns zu essen gebracht? Aber warum zeigte er sich nicht?

Er würde zurückkommen müssen, um die Gefäße abzuholen, dachte ich. Ich würde ihm eine Nachricht hinterlassen. Ich fand einen spitzen Stein, kniete mich hin und kratzte meine Nachricht auf die Steine: *Danke. Ich heiße Michael. Ich bin aus einem Boot gefallen. Wer bist du?*

Danach beschloss ich, den ganzen Tag am Strand zu bleiben, in der Nähe meiner Höhle und des Felsens, auf dem man uns den Fisch hingelegt hatte. Ich würde den Steinhaufen immer im Auge behalten, sodass ich zumindest sehen konnte, wer mir geholfen hatte.

Stella lief vor mir her ins Wasser, bellte zu mir zurück, lockte mich. Ich brauchte keine zusätzliche Einladung. Ich hechtete ins Meer, hüpfte und plantschte und tanzte ausgelassen herum, während Stella trotz all meines Gekaspers ruhig um mich herumkreuzte. Sie sah immer so ernst aus, wenn sie schwamm, das Kinn hochgereckt und zielstrebig mit den Pfoten paddelnd.

Das Meer war ruhig und glatt, kaum ein Kräuseln war zu sehen. Ich traute mich nicht, ins tiefere Wasser zu gehen – von tiefem Wasser hatte ich genug fürs ganze Leben. Sauber und erfrischt und gestärkt, als ganz neuer Mensch ging ich wieder an Land. Das Meer hatte große Heilkräfte. Die Moskitostiche waren noch da, aber sie brannten nun nicht mehr.

Ich entschied den Strand weiter zu erforschen, wenn möglich bis zum anderen Ende, aber auf jeden Fall nur so weit, dass ich meine Höhle im Auge behalten konnte. Hier gab es Muscheln, zu Millionen säumten sie in langen gold- und rosafarbenen Linien den Sand. Kurze Zeit später kam ich zu etwas, das mir aus der Entfernung wie eine flache, nur leicht aus dem Sand aufragende Felsnase erschienen war. Stella scharrte aufgeregt unter der Kante. Es stellte sich heraus, dass es überhaupt kein Stein war, sondern ein langes Stück rostiges Metall – eindeutig ein Teil eines Schiffsrumpfes, der tief in den Sand eingesunken war. Was war das wohl für ein Schiff gewesen? Wann hatte es Schiffbruch erlitten? Hatte ein schrecklicher Sturm es an den Strand geschleudert? Hatte es Überlebende gegeben, konnten sie vielleicht sogar noch hier sein?

Ich kniete mich in den Sand und fuhr mit der Hand über das Metall. Eine durchsichtige Glasscherbe lag daneben, von einer Flasche vielleicht. Sie war so heiß, dass man sie kaum anfassen konnte, geschweige denn richtig in die Hand nehmen.

Die Erkenntnis traf mich wie ein Blitz. Eddie hatte mir doch gezeigt, wie man es machte! Wir hatten es auf dem Schulhof ausprobiert, hinter den Mülltonnen versteckt, wo uns keiner sehen konnte. Ein Stück Papier, eine Glasscherbe und ein Sonnenstrahl. Wir hatten Feuer gemacht! Ich hatte zwar kein Papier, aber ein paar Blätter würden sicher den gleichen Zweck erfüllen. Ich rannte den Strand auf und ab und sammelte alles ein, was ich unter den Bäumen finden konnte: kleine Stöckchen, Zweige, alle möglichen Blätter – dünn wie Papier, trocken wie Zunder.

Ich schichtete im Sand alles zu einem Häuflein aufeinander und kauerte mich daneben, dann hielt ich meine Scherbe ins Sonnenlicht, ganz nah an den Blättern. Ich musste still halten, ganz still, und auf den ersten Rauchfaden warten. Wenn ich ein Feuer anzünden konnte, wenn ich es am Brennen halten konnte, dann würde ich nachts schlafen können – das Feuer würde die Moskitos fern halten und die Tiere aus dem Wald auch. Und früher oder später würde ein Schiff kommen und jemand würde den Rauch sehen.

Ich saß da und wartete. Stella kam zu mir und stupste mich an – sie wollte spielen –, aber ich schob sie weg. Am Ende trottete sie schmollend davon und streckte sich seufzend im Schatten der Palmen aus. Die Sonne brannte erbarmungslos vom Himmel, aber noch regte sich nichts. Mein Arm begann wehzutun, also baute ich aus Zweigen ein kleines Gestell über den Blättern, legte die Scherbe darauf, hockte mich in den Sand und wartete weiter. Immer noch nichts.

Plötzlich sprang Stella auf, ein tiefes Knurren in der

Kehle. Sie drehte sich um und kam angerannt, wobei sie immer wieder herumwirbelte, um ihre Wut in Richtung Wald hinauszubellen. Da sah ich, was sie aufgescheucht hatte.

Ein Schatten bewegte sich zwischen den Bäumen, kam schließlich schwerfällig ins Sonnenlicht heraus, auf uns zu. Ein Affe, ein riesiger Affe. Kein Gibbon, auf keinen Fall. Er bewegte sich langsam, auf allen vieren, und war braun, rötlich braun. Ein Orang-Utan, da war ich mir sicher. Er setzte sich wenige Schritte von mir entfernt auf den Boden und betrachtete mich.

Ich wagte mich nicht zu rühren. Als er genug gesehen hatte, kratzte er sich am Hals, drehte sich weg und machte sich auf den Weg zurück in den Dschungel. Stella knurrte noch lange, nachdem er verschwunden war.

Also gab es hier neben den Gibbons auch Orang-Utans. Oder kam das Heulen von den Orang-Utans und es gab überhaupt keine Gibbons? Vielleicht hatte ich mich die ganze Zeit geirrt. Ich hatte mal einen Film mit Clint Eastwood gesehen, in dem ein Orang-Utan vorgekommen war. Der war sehr freundlich gewesen, das wusste ich noch. Ich konnte nur hoffen, dass seine Artgenossen hier genauso freundlich sein würden.

Dann sah ich Rauch. Ich roch Rauch. Inmitten meines Blätterhäufchens glomm etwas. Ich kauerte mich hin und pustete vorsichtig in die Glut. Kleine Flämmchen stiegen empor. Ich legte noch ein paar Blätter drauf, dann ein, zwei trockene Zweige, schließlich einen dickeren Ast. Ich hatte ein Feuer! Ich hatte ein Feuer!

Ich stürmte in den Wald und sammelte jeden Zweig, jede trockene Kokosnussschale, jedes Stückchen Holz, das ich finden konnte. Immer wieder rannte ich hin und her, bis mein Feuer knackend und tosend lichterloh brannte. Funken wirbelten hoch in die Luft. Der Rauch erhob sich bis über die Wipfel der Bäume. Ich wusste, dass ich jetzt nicht die Hände in den Schoß legen durfte, dass ich noch mehr Holz brauchte für das Feuer, dickere Zweige, richtige Äste. Ich würde so lange in den Wald laufen und alles herschleppen müssen, bis ich sicher war, dass ich damit das Feuer am Brennen halten konnte und zusätzlich noch einen Holzvorrat hatte.

Mir fiel auf, dass Stella mir nicht in den Wald folgen wollte, sondern neben dem Feuer liegen blieb und auf mich wartete. Ich wusste nur zu gut, warum. Auch ich sah mich immer wieder um, ob nicht der Orang-Utan wieder auftauchte, aber ich war jetzt viel zu aufgeregt wegen meines Feuers, um mir seinetwegen große Sorgen zu machen.

Mein Holzstoß hatte mittlerweile enorme Ausmaße angenommen, aber trotzdem eilte ich noch ein letztes Mal zurück in den Wald, nur für den Fall, dass das Feuer schneller herabbrannte als gedacht. Diesmal musste ich tiefer in den Dschungel eindringen, das dauerte eine Zeit lang. Ich kam gerade wieder zwischen den Bäumen hervor, bis unters Kinn mit Ästen beladen, als mir auffiel, dass von meiner Feuerstelle jetzt viel weniger Rauch aufstieg als zuvor. Flammen waren gar keine mehr zu sehen. Und dann erblickte ich ihn, den Orang-Utan, durch den Rauchschleier hindurch. Er kauerte neben meinem Feuer und schüttete Sand auf die erlöschenden Flammen. Dann stand er auf, trat aus dem Rauch heraus und kam auf mich zu. Es war gar kein Orang-Utan. Es war ein Mensch.

5. Kapitel

KENSUKE

Er war sehr klein, nicht größer als ich, und älter als alle Menschen, die mir je begegnet waren. Außer einer zerfetzten Kniehose, die in der Taille von einem Strick zusammengehalten wurde, trug er keine Kleidung, aber in seinem Hosenbund steckte ein langes Messer. Er war sehr mager. An manchen Stellen – unter den Armen, um den Hals herum und über den Hüften – lag seine kupferbraune Haut in Falten, fast, als wäre er darin geschrumpft. Das bisschen Haar, das ihm noch auf dem Kopf und am Kinn wuchs, war lang und strähnig und weiß.

Ich sah auf den ersten Blick, dass er sehr aufgeregt war. Sein Kinn bebte und er starrte mich aus wütend zusammengekniffenen Augen vorwurfsvoll an. *»Dameda! Dameda!«*, kreischte er mir entgegen. Sein ganzer Körper zitterte vor Zorn.

Ich wich zurück, als er über den Strand auf mich zustapfte, wobei er wild mit seinem Stock durch die Luft fuchtelte und einen unverständlichen Wortschwall auf mich herabregnen ließ. Er mochte vielleicht bis auf die Knochen abgemagert und ein Greis sein, aber er bewegte sich erstaunlich schnell.

»Dameda! Dameda!«

Ich hatte keine Ahnung, was das heißen sollte. Es klang chinesisch oder vielleicht japanisch.

Ich wollte mich schon abwenden und wegrennen, als Stella, die ihn merkwürdigerweise überhaupt nicht angebellt hatte, sich auf einmal von mir löste und mit großen Sprüngen auf ihn zuschoss. Ihr Nackenfell war nicht gesträubt. Sie knurrte nicht. Zu meiner großen Verblüffung begrüßte sie ihn wie einen lange vermissten Freund.

Als er nur noch wenige Schritte von mir entfernt war, blieb er stehen. Schweigend starrten wir einander an. Er stützte sich keuchend auf seinen Stock. »*Americajin? Americajin?* Amerikaner? *Eikokujin?* Engländer?«

»Ja«, sagte ich, erleichtert, dass ich endlich etwas verstanden hatte. »Engländer. Ich komme aus England.«

Es schien ihn viel Mühe zu kosten, die Worte herauszupressen. »Nicht gut. Feuer nicht gut. Verstehen? Kein Feuer.« Er kam mir nicht mehr ganz so wütend vor.

»Aber meine Mutter, mein Vater! Vielleicht sehen sie den Rauch!«

Es war eindeutig, dass er mich nicht verstand. Also zeigte ich aufs Meer, um es ihm zu erklären. »Da draußen. Sie sind da draußen. Sie werden das Feuer sehen. Sie werden kommen, um mich zu holen.«

Sofort wurde er wieder böse. *»Dameda!«*, schrie er und wedelte mit dem Stock vor mir herum. »Kein Feuer!«

Einen Augenblick dachte ich schon, er würde mich angreifen, aber er tat es nicht. Stattdessen begann er mit dem Stock im Sand vor meinen Füßen herumzuscharren. Er zeichnete den Umriss von irgendetwas und murmelte dabei ständig Unverständliches vor sich hin. Erst dachte ich, er hätte eine Frucht gezeichnet, eine Nuss vielleicht, eine Erdnuss. Aber dann verstand ich. Es war eine Karte der Insel.

Als er fertig gezeichnet hatte, fiel er neben der Skizze auf die Knie und häufte auf beiden Seiten je einen Sandhügel auf – die zwei Berge der Insel. Dann zog er mit aller Entschiedenheit eine gerade Linie quer durch, teilte die Insel in zwei ungleich große Hälften.

»Du, Junge. Du hier«, sagte er und deutete über die Schulter zu meiner Höhle am Strand. »Du.« Er stieß den

Finger in den Sandhaufen, der meinen Berg darstellte. Dann begann er quer über die Karte etwas zu schreiben. Es waren keine Buchstaben, sondern Zeichen – Ansammlungen von Haken und Spitzen und Kreuzen und waagrechten Linien und schrägen Strichen und Schnörkeln –, und er schrieb von oben nach unten und von rechts nach links.

Er kauerte sich auf die Fersen und tippte sich auf die Brust. »Kensuke. Ich Kensuke. Mein Insel.« Und er ließ die Hand scharf herabsausen, wie ein Hackmesser, und teilte die Insel in zwei Teile. »Ich, Kensuke. Hier. Du, Junge. Hier.« Es konnte keinen Zweifel mehr geben, was er damit meinte.

Plötzlich sprang er wieder auf die Füße und scheuchte mich mit seinem Stock weg. »Geh, Junge. Kein Feuer. *Dameda.* Kein Feuer. Verstehen?«

Ich widersprach nicht, sondern rannte gleich weg. Als ich mich umsah, ein gutes Stück weiter, kniete er neben meinem Feuer oder dem, was davon übrig geblieben war, und schaufelte noch mehr Sand darauf.

Stella war bei ihm geblieben. Ich pfiff sie zu mir her. Sie kam, aber nicht sofort. Ich sah ihr an, dass sie ihn nur widerwillig verließ. Sie benahm sich wirklich merkwürdig. Stella Artois war Fremden gegenüber noch nie besonders zutraulich gewesen, noch nie. Ich war enttäuscht, fühlte mich irgendwie verraten. Als ich zum zweiten Mal zurückschaute, rauchte das Feuer nicht mehr. Es war vollkommen erstickt und der alte Mann war verschwunden.

Ich blieb den Rest des Tages in meiner Höhle. Dort fühlte ich mich irgendwie sicher. Ich glaube, sie kam mir bereits wie mein Zuhause vor. Schließlich hatte ich kein anderes. Ich fühlte mich, wie sich Waisenkinder wahrscheinlich fühlen, im Stich gelassen und mutterseelenallein auf der Welt. Ich hatte Angst und ich war wütend und völlig verwirrt.

Stunde um Stunde saß ich da und versuchte einen klaren Gedanken zu fassen. Soweit ich das beurteilen konnte – aber hundertprozentig sicher konnte ich mir nicht sein –, gab es nur uns beide auf der Insel, den alten Mann und mich. Womit feststand, dass nur er mir den Fisch und die Bananen und das Wasser hingestellt haben konnte. Das war doch sehr nett von ihm gewesen, eine schöne Geste der Freundschaft, ein Willkommensgruß, oder nicht?

Und jetzt? Jetzt hatte mich derselbe Mensch an das eine Ende der Insel verbannt, als wäre ich ein Aussätziger, und hatte mir unmissverständlich klargemacht, dass er mich nie wieder sehen wollte. Und das alles nur, weil ich ein Feuer gemacht hatte? Es ergab überhaupt keinen Sinn, außer, der Mann war völlig verrückt.

Ich betrachtete meine Lage von allen Seiten. Ich saß auf einer Insel fest, mitten im Nirgendwo, in Gesellschaft eines Mannes, der wahrscheinlich wahnsinnig war, einer Horde brüllender Affen (unter denen sich zumindest ein Orang-Utan befand) – und weiß Gott, was sich sonst noch im Dschungel verstecken mochte – und Millionen von Moskitos, die mich jede Nacht bei lebendigem Leibe auffressen würden. Ich wusste nur eines: Ich musste hier weg. Aber wie? Wie sollte ich je von dieser Insel wegkommen, wenn ich nicht die Aufmerksamkeit eines vorbeifahrenden Schiffes auf mich lenken konnte? Ich würde für den Rest meines Lebens hier bleiben müssen. Ich konnte den Gedanken kaum ertragen.

Wie lange war der alte Mann wohl schon auf der Insel und wie hatte es ihn überhaupt hierher verschlagen? Wer war er? Und für wen hielt er sich überhaupt, dass er mir Vorschriften machte, was ich zu tun und zu lassen hatte? Und warum hatte er mein Feuer gelöscht?

Ich rollte mich in meiner Höhle zusammen, schloss die Augen und stellte mir vor, ich wäre wieder zu Hause oder auf der *Peggy Sue*, mit meiner Mutter und meinem Vater. Bei diesen schönen Träumen schlummerte ich schnell ein, aber die Moskitos und das Heulen aus dem Wald brachten mich bald in die Wirklichkeit zurück. Irgendwo hatte ich das Gesicht des alten Mannes schon einmal gesehen, fiel mir plötzlich ein, aber ich konnte mir beim besten Willen nicht zusammenreimen, wie das möglich sein sollte.

Während ich so dalag, spürte ich die Glasscherbe, die mir in der Hosentasche gegen die Hüfte drückte. Sofort fasste ich neuen Mut. Ich hatte meine Feuerscherbe. Ich würde mein Feuer wieder entfachen, aber diesmal an einer Stelle, wo der alte Mann es nicht entdecken konnte. Ich würde warten, bis ein Schiff vorbeikam, und bis dahin würde ich überleben. Der alte Mann hatte hier überlebt. Wenn er das schaffte, dann schaffte ich es auch. Und ich würde es allein schaffen. Ich brauchte ihn nicht.

Ich hatte wieder Hunger, und Durst auch. Morgen würde ich in den Wald gehen und mir selbst etwas zu essen suchen. Ich würde Wasser finden. Irgendwie würde ich Fische fangen. Ich war doch schon immer ein guter Angler gewesen. Wenn ich im Stausee fischen konnte und im Meer, von der *Peggy Sue* herunter, dann würde ich es hier auch hinbekommen.

Ich verbrachte die Nacht damit, die Schwärme surrender Insekten zu verfluchen, die mich keine Sekunde verschonten, und den von Geräuschen angefüllten Wald, der einfach nicht verstummen wollte, einfach keine Ruhe gab. Immer wieder dachte ich an den Stausee, sah Mutter vor meinem inneren Auge, wie sie lachte, die Skippermütze auf dem Kopf. Ich dachte an den alten Mann. Bei dem Versuch, mich daran zu erinnern, wie er sich genannt hatte, schlief ich schließlich ein.

Als ich aufwachte, wusste ich sofort, dass er da gewesen war. Mir war, als hätte ich es geträumt. Stella schien den gleichen Traum gehabt zu haben, denn sie sprang mit ein paar Sätzen hastig auf die Felsen über der Höhle hinauf. Dort fand sie, was zu finden sie eindeutig erwartet hatte – ihre neuerlich gefüllte Wasserschale. Und auf der Felsnase über ihr stand auch wiederum dieselbe umgedrehte Blechdose und daneben meine Wasserschale, genau wie am Morgen zuvor. Ich wusste, dass die Wasserschalen gefüllt waren, und als ich die Blechdose anhob, wusste ich auch, dass ich darunter wieder Essen finden würde.

Während ich mit verschränkten Beinen auf dem Felsen saß, heißhungrig über meinen Fisch herfiel und Stella immer wieder ein Stück hinunterwarf, wurde mir völlig klar, was der alte Mann mir damit sagen wollte. Wir waren keine Freunde. Wir würden nie Freunde sein. Er würde mich am Leben halten, mich und Stella, aber nur, solange wir uns an seine Regeln hielten. Ich musste in meiner Ecke der Insel bleiben und ich durfte auf keinen Fall Feuer machen. Daran konnte es keinen Zweifel geben.

Die Hoffnung auf eine schnelle Rettung schwand von Tag zu Tag und ich fügte mich langsam in mein Schicksal. Ich wusste, dass ich keine andere Wahl hatte, als mich nach dem alten Mann zu richten, mich seiner Herrschaft unterzuordnen, jedenfalls im Augenblick. Er hatte nun einen richtigen Grenzstrich gezogen, eine Linie, die auf beiden Seiten der Insel vom Waldrand bis zum Meer hinunterreichte – und er erneuerte sie, sooft sie vom Wasser weggewaschen wurde. Stella setzte sich natürlich gedankenlos darüber hinweg, aber ich nicht. Das war es mir nicht wert. Trotz der Feindseligkeit, die ich in den Augen des alten Mannes gesehen hatte, und trotz des riesigen Messers in seinem Hosenbund glaubte ich nicht, dass er mir wirklich etwas zuleide tun würde. Aber ich hatte Angst vor ihm.

Deshalb und weil ich zu viel zu verlieren hatte, wollte ich mich nicht mit ihm anlegen. Schließlich versorgte er uns jeden Tag mit dem Wasser und der Nahrung, die wir zum Leben brauchten.

Ich begann ab und zu auch selbst Essbares zu finden – vor allem eine Frucht mit stacheliger Schale, sie hieß Rambutan, wie ich später erfuhr, und schmeckte köstlich, aber ich konnte nie genug davon auftreiben. Stella wollte sowieso nichts davon fressen. Manchmal fand ich eine Kokosnuss, die noch nicht aufgebrochen war, aber oft waren sowohl die Milch als auch das Fleisch darin verdorben. Ein-, zweimal versuchte ich sogar, auf eine Kokospalme zu klettern, aber sie waren einfach zu hoch und ich gab sehr bald wieder auf.

Ich verlegte mich aufs Fischen im flachen Wasser. Ich benutzte einen primitiven Speer, einen langen Stock, den ich an einem Felsen angeschliffen hatte, aber ich war beim Werfen immer zu langsam. Fische gab es oft mehr als genug, aber sie waren zu klein und zu flink. Also waren wir, ob es uns passte oder nicht, weiterhin auf die tägliche Ration Fisch und Obst und Wasser angewiesen, die der alte Mann uns hinstellte.

Ich hatte meine Inselhälfte nach einer Süßwasserquelle

abgesucht, aber keine gefunden. Ich überlegte oft, ob ich nicht die Grenze überschreiten und auf der anderen Seite weitersuchen sollte, aber ich traute mich nicht. Die meiste Zeit hielt ich mich in der Nähe der Dschungelpfade.

Es waren nicht nur die Regeln des alten Mannes oder das Geheul der Affen – das ich nun als Warnung verstand –, die mich davon abhielten, mich auf die andere Inselhälfte oder ins Innere des Waldes zu wagen. Es war auch der Orang-Utan. Zwar hatte er einen friedlichen Eindruck gemacht, aber ich hatte keine Ahnung, wie er oder seine Artgenossen reagieren würden, wenn sie mich auf ihrem Territorium erwischten. Immer wieder fragte ich mich, was für Lebewesen wohl noch in der feuchten Dunkelheit des Dschungels lauerten, vor meinen Augen verborgen. Wenn man nach den Geräuschen des Waldes urteilte, wimmelte es auf der Insel geradezu von grauenhaften Kreaturen.

Schon der Gedanke an den Orang-Utan und die unbekannten, grässlichen anderen Tiere des Dschungels reichte aus, um sowohl meine Neugier als auch meinen Mut zu bezähmen. Also blieb ich meistens an meinem Stück Strand, in meiner Höhle und auf dem Waldpfad, der zu »meinem« Gipfel hinaufführte. Von dort oben konnte ich immer wieder einen Blick auf den alten Mann erhaschen. Morgens sah ich ihn oft mit dem Speer im seichten Wasser fischen, manchmal allein, aber häufig von einer Gruppe Orang-Utans begleitet, die am Ufer saßen und ihm zuschauten. Vierzehn, fünfzehn Stück zählte ich einmal. Gelegentlich trug er eines der Jungen auf dem Rücken. Wenn er sich inmitten der Affen bewegte, sah es fast so aus, als wäre er einer von ihnen.

Von Zeit zu Zeit versuchte ich wach zu bleiben, um zu sehen, wie er uns nachts das Essen hinstellte, aber ich schaffte es nie. Nicht einmal hörte ich ihn, nicht ein einziges Mal. Aber an jedem Morgen waren sie da, das Wasser und der Fisch (der seit neuestem geräuchert schmeckte, was mir viel lieber war). Was das Obst anging, so wechselte es oft. Vieles hatte einen merkwürdigen Geschmack und ich mochte es überhaupt nicht, aber ich aß es trotzdem. Außer Bananen und Kokosnussfleisch und Beeren stellte er mir oft Brotfrucht oder Jackfrucht hin (damals kannte ich natürlich beides nicht). Ich aß alles auf, aber nicht mehr mit derselben Gier wie am Anfang. Manchmal legte ich mir etwas von dem Obst beiseite, um auch am Abend etwas essen zu können. Aber ich schaffte es nie, die roten Bananen aufzuheben, denn sie schmeckten einfach zu köstlich, als dass ich sie nicht auf der Stelle bis auf den letzten Rest aufgegessen hätte.

Mein größter Albtraum waren die Moskitos, die jede Nacht wiederkamen. Sobald die Abenddämmerung hereinbrach, stürmten sie herbei, surrten um mich herum und saugten mich aus bis aufs Blut. Es gab kein Entrinnen. Meine Nächte waren eine einzige Qual und morgens kratzte ich mich blutig. Manche Stiche, vor allem an den Beinen, waren mittlerweile angeschwollen und hatten sich in entzündete, eiternde Wunden verwandelt. Erleichterung verspürte ich nur, wenn ich mich, so oft wie möglich, ins kühle Nass des Meeres stürzte.

Eine Nacht versuchte ich in einer anderen, tieferen und dunkleren Höhle zu schlafen, aber darin stank es erbärmlich. Sobald ich entdeckte, dass sie von Unmengen von Fledermäusen bevölkert war, hetzte ich kopflos hinaus.

Wo auch immer ich schlief, die Moskitos entdeckten mich auf der Stelle. Es kam so weit, dass ich die Nächte zu fürchten begann. Während ich wild um mich schlug und die Quälgeister zu töten versuchte, schrie und weinte ich verzweifelt in die Dunkelheit hinaus. Ich sehnte mich nach dem Morgen, nach dem kühlen Wasser und dem Wind auf meinem Berggipfel.

Dort verbrachte ich den größten Teil meiner Tage, saß auf dem obersten Felskamm, schaute auf das Meer hinauf und hoffte – manchmal betete ich auch darum – auf den Anblick eines Schiffes. Ich schloss die Augen und betete, solange ich konnte, dann schlug ich sie wieder auf. Und jedes Mal dachte ich, *glaubte* ich wirklich, dass meine Gebete womöglich erhört worden waren, dass ich diesmal, wenn ich die Augen aufmachte, die *Peggy Sue* erblicken würde, wie sie zurückkam, um mich zu retten. Aber jedes Mal war der endlose Ozean leer, die Linie des Horizonts von keinem Schiffssegel unterbrochen. Natürlich war ich immer enttäuscht, oft richtig niedergeschlagen, aber noch nicht vollkommen am Boden zerstört, nicht in jenen ersten Wochen.

Neben den Moskitos hatte ich ein weiteres ernsthaftes Problem: den Sonnenbrand. Ich hatte erst zu spät gelernt, dass ich meine Kleider besser die ganze Zeit anbehielt; ich hatte mir sogar einen Hut gebastelt, der mein Gesicht und meinen Nacken schützen sollte. Es war ein breitkrempiger, chinesisch anmutender Hut, aus Palmblättern geflochten, und ich war ziemlich stolz auf mein selbst gemachtes Kunstwerk.

Der Sonnenbrand war allerdings etwas, das sich durch

Umsicht vermeiden und durch das Salzwasser mildern ließ. Mittags stieg ich immer hinunter und verkroch mich in meiner Höhle vor der Gluthitze des Nachmittags. Danach ging ich schwimmen.

Dies war der Moment, auf den sich Stella den ganzen Tag freute. Stundenlang warf ich ihr Stöckchen. Sie liebte das Spiel, und ich ehrlich gesagt auch. Es war der Höhepunkt jeden Tages. Wir hörten erst damit auf, wenn die Dunkelheit die Insel einhüllte – was immer überraschend schnell geschah – und uns zurück in die Höhle trieb, zurück zum nächtlichen Kampf mit meinen Blut saugenden Peinigern.

Eines Tages erblickten Stella und ich, als wir nach einem weiteren Vormittag fruchtlosen Aufs-Meer-Schauens aus dem Wald traten, einen Gegenstand im Sand, direkt vor unserer Höhle. Von ferne sah es aus wie ein Stück Treibholz. Stella erreichte das Ding zuerst und schnüffelte aufgeregt daran herum. Jetzt erkannte ich, was es war – kein Treibholz, sondern eine zusammengerollte Binsenmatte. Ich breitete sie aus. Darin befand sich, ordentlich gefaltet, ein Laken, ein weißes Laken.

Er wusste es! Der alte Mann kannte mein Elend, meine Qualen, meine dringendsten Bedürfnisse. Er hatte mich die ganze Zeit beobachtet und er musste dabei ziemlich nah herangekommen sein. Er musste gesehen haben, wie ich mich kratzte, wie die roten Wundmale an meinen Beinen, meinen Armen immer mehr wurden, musste miterlebt haben, wie ich mich jeden Morgen ins flache Wasser gesetzt hatte, um die angeschwollenen Stiche zu kühlen. Bedeutete das, er hatte mir das Feuer verziehen?

Ich trug die Matte in meine Höhle, legte sie auf den Boden, wickelte mich ins Laken und lag dann einfach nur da, kichernd vor Entzücken. Ich konnte mir das Laken sogar übers Gesicht ziehen. In dieser Nacht würden mir die verfluchten Moskitos nichts anhaben können. In dieser Nacht würden sie hungrig bleiben.

Ich raste den Strand entlang zur Grenzlinie, wo ich stehen blieb, die Hände um den Mund legte und schrie: »Danke! Danke für das Bettzeug! Danke! Danke!« Es war nicht zu erwarten, dass eine Antwort kommen würde, und tatsächlich kam auch keine. Ich hatte halb gehofft, dass er vielleicht selbst zu mir kommen würde, aber er tat es nicht. Also schrieb ich meinen Dank in den Sand vor der Grenzlinie und setzte meinen Namen darunter.

Ich hätte den alten Mann so gern wiedergesehen, mit ihm gesprochen, eine menschliche Stimme gehört. Stella

Artois war eine wunderbare Begleiterin und Vertraute, immer für ein Spiel oder eine Schmusestunde gut, aber mir fehlten die Menschen so sehr – meine Mutter, mein Vater, die für mich vielleicht für immer verloren waren. Ich sehnte mich danach, mich mit dem alten Mann zu unterhalten, selbst wenn er ein bisschen verrückt sein sollte, selbst wenn ich nicht viel von dem verstehen sollte, was er sagte.

In dieser Nacht war ich fest entschlossen aufzubleiben und auf ihn zu warten, aber so weich gebettet auf meiner neuen Binsenmatte und so in mein schützendes Laken eingekuschelt schlief ich rasch ein und wachte kein einziges Mal auf.

Am nächsten Morgen machten Stella und ich uns nach einem Frühstück aus Fisch und Jackfrucht und Kokosnussfleisch auf den Weg zum Berggipfel – ich nannte meinen Berg mittlerweile »Aussichtsberg«, während der andere »Sein Berg« hieß. Als wir oben ankamen, reparierte ich meinen chinesischen Hut, ersetzte ein paar Palmwedel durch andere – das Ding schien nie besonders lang zusammenzuhalten –, dann schaute ich auf – und erblickte ein Schiff am Horizont. Kein Irrtum möglich. Es war der lange, massige Umriss eines Supertankers.

6. Kapitel

ABUNAI!

Sofort sprang ich auf, schrie aus voller Lunge und winkte hektisch. Immer wieder hüpfte ich auf und ab und brüllte. Sie sollten anhalten, mich hören, mich sehen! »Ich bin hier! Hier! Hier bin ich!« Erst als ich vollkommen heiser war und keinen Laut mehr herausbrachte, hörte ich auf.

Quälend langsam schob sich das Tankschiff am Horizont entlang. Es drehte nicht bei und jetzt hatte ich auch keine Hoffnung mehr, dass sich daran noch etwas ändern würde. Ich wusste, dass keiner zu mir herübersah, und selbst wenn, würde die Insel für die Leute auf dem Schiff nichts anderes sein als ein entfernter, unscharfer Hügel am Horizont. Mir blieb nichts anderes übrig als hilflos mit anzusehen, wie der Tanker unaufhaltsam weiterfuhr, sich immer weiter entfernte, bis er langsam hinterm Horizont verschwand. Es dauerte den ganzen Vormittag, bis er weg war, und es war ein grauenhafter Vormittag.

Während ich da auf dem Aussichtsberg stand, machte meine Verzweiflung einem brennenden Zorn Platz. Wenn man mir das Feuer erlaubt hätte, hätte ich wenigstens eine klitzekleine Chance gehabt, dass die Besatzung des Tankers den Rauch bemerkte. Sicher, der alte Mann hatte mir eine Schlafmatte und ein Laken geschenkt. Er versorgte mich, er hielt mich am Leben. Aber er machte mich auch zum Gefangenen.

Als auch das letzte Pünktchen, das einst der Tanker gewesen war, außer Sicht war, schwor ich mir, dass ich nie wieder solch eine Gelegenheit ungenutzt verstreichen lassen würde. Ich steckte die Hand in die Hosentasche. Ich hatte meine kostbare Feuerscherbe immer noch. Ich war entschlossen, es zu tun. Ich würde ein neues Feuer haben! Nicht unten am Strand, wo er es entdecken konnte, sondern hier oben auf dem Aussichtsberg, hinter den Felsen, wo er es nicht sehen konnte, selbst wenn er ein Fernglas haben sollte – wovon ich mittlerweile ausgehen musste. Ich würde einen Haufen Holz aufschichten, ihn aber nicht anzünden. Ich würde alles vorbereiten und auf den Augenblick warten, wo ich wieder ein Schiff erblickte. Irgendwann musste das nächste Schiff vorbeikommen, da war ich mir sicher, und wenn das passierte, würde ich meine Scherbe griffbereit haben und dazu einen Vorrat an papierdünnen, staubtrockenen Blättern. Ich würde so ein lichterloh brennendes Flammeninferno entfachen, so eine Rauchsäule in den Himmel schicken, dass das nächste Schiff gar nicht umhinkonnte, es zu sehen.

Also verbrachte ich meine Tage von nun an nicht mehr damit, untätig auf dem Berg zu sitzen und aufs Meer hinauszustarren. Jede Stunde nutzte ich dazu, mein Feuer vorzubereiten. Ich schleppte dicke Äste aus dem Wald über das Geröllfeld hoch und türmte sie übereinander, auf der Seeseite unterhalb des Gipfels, wo das Feuer von vorbeifahrenden Schiffen leicht gesehen werden konnte, aber vor den neugierigen Blicken des alten Mannes verborgen war, als dessen Gefangener ich mich fühlte. Denn er beobachtete mich, daran zweifelte ich nicht im Geringsten. Ich schleppte und baute, achtete aber die ganze Zeit darauf, nicht in sein Blickfeld zu geraten. Nur vom Meer her hätte man sehen können, was ich da tat, und auf See waren keine Augen, die mich hätten anstarren können.

Es kostete mich mehrere Tage harter Arbeit, mein Signalfeuer vorzubereiten. Ich war beinahe fertig, als doch jemand entdeckte, was ich vorhatte – aber es war nicht der alte Mann.

Ich hievte gerade einen riesigen Ast auf den Haufen, als plötzlich ein Schatten auf mich fiel. Ein Orang-Utan schaute von der Felsnase über meinem Kopf auf mich herab. Ich war nicht sicher, ob es derselbe war, den ich schon mal gesehen hatte. Er kauerte auf allen vieren, die massigen Schultern nach vorn gekrümmt, und beäugte mich mit seitlich geneigtem Kopf.

Ich wagte mich nicht von der Stelle zu rühren. Es war wie die Aufstellung zu einem Duell, genau wie seinerzeit am Strand. Er setzte sich auf die Fersen und betrachtete mich eine Weile mit mildem Interesse. Dann drehte er den Kopf weg, kratzte sich wie beiläufig im Gesicht und schlenderte davon, nicht ohne noch einmal über die Schulter zu mir zurückzublicken, bevor er im Schatten zwischen den Bäumen verschwand.

Während ich ihm nachschaute, überlegte ich, ob er als Späher ausgesandt worden war, um dem alten Mann zu berichten, was ich tat. Das klingt lächerlich, ich weiß, aber ich erinnere mich, dass mir der Gedanke durch den Kopf schoss.

In dieser Nacht brach ein Sturm über die Insel herein, solch ein Furcht einflößender Sturm mit Blitz und ohrenbetäubendem Donner, hämmerndem Regen und heulendem Wind, dass an Schlaf nicht zu denken war. Riesige Wellen brachen vom Meer an Land, rollten über den Strand und ließen den Boden unter meinen Füßen erzittern. Ich streckte mich im hintersten Winkel meiner Höhle auf der Schlafmatte aus. Stella legte sich neben mich, ganz eng an mich geschmiegt, was mir eine große Hilfe war.

Es dauerte ganze vier Tage, bis der Sturm sich ausgetobt hatte, aber selbst während der schlimmsten Zeit fand ich meine Mahlzeit aus Fisch und Obst unter der umgedrehten Blechdose, die der alte Mann nun fest unter die Felsnase geklemmt hatte. Stella und ich blieben meist im Schutz unserer Höhle. Wir konnten nichts anderes tun als zuzuschauen, wie der Regen draußen herunterpeitschte. Ehrfürchtig bewunderte ich die Macht, mit der die endlosen Wellen übereinander rollten, sich an Land wälzten und am Strand explodierten, als wollten sie die Insel in tausend Stücke sprengen und uns alle aufs offene Meer hinaussaugen. In dieser Zeit dachte ich besonders oft an meine Eltern und die *Peggy Sue*. Wo sie jetzt wohl sein mochten? Ich konnte nur hoffen, dass der Taifun – denn nichts anderes war das Naturschauspiel, dessen Zeuge ich wurde – an ihnen vorbeigezogen war.

Und dann legte sich der Sturm eines Morgens, genauso plötzlich, wie er begonnen hatte. Die Sonne brannte von einem makellos blauen Himmel herab und die Sinfonie des Dschungels setzte da wieder ein, wo sie zuvor unterbrochen worden war.

Ich wagte mich aus der Höhle. Die ganze Insel dampfte und troff. Sofort eilte ich auf den Aussichtsberg, um zu schauen, ob ich ein Schiff ausmachen konnte, vielleicht eines, das vom Kurs abgekommen war oder im Windschatten der Insel Schutz gesucht hatte. Nichts. Ich war enttäuscht, aber zumindest hatte meine Feuerstelle den Sturm unbeschadet überstanden. Das Holz war natürlich triefend nass, aber noch komplett aufgeschichtet. Alles war vollkommen durchgeweicht. Bevor nicht alles getrocknet war, würde es kein Feuer geben können.

Den ganzen Tag war die Luft schwül und schwer vom Regenwasser. Es machte mir Mühe, mich zu bewegen oder überhaupt zu atmen. Stella lag einfach nur keuchend am Boden. Der einzige Platz, von dem man sich Erleichterung versprechen konnte, war das Meer, also verbrachte ich den größten Teil des Tages damit, träge im Wasser zu liegen und ab und zu ein Stöckchen zu werfen, damit Stella ihren Spaß hatte.

Da lag ich also, ließ mich von den kleinen Wellen hin- und herschwingen und träumte vor mich hin, als ich plötzlich die Stimme des alten Mannes hörte. Er hastete über den Strand auf mich zu, wobei er ständig schrie und mit seinem Stock wild durch die Luft fuchtelte.

»*Yamero! Abunai!* Gefährlich. Verstehen? Ja? Nicht schwimmen.« Er schien nicht wütend auf mich zu sein wie damals, aber irgendetwas machte ihm eindeutig Sorgen.

Ich sah mich um. Das Meer wogte immer noch leicht, atmete die letzten Reste des Sturmes aus, aber die Wellen schlugen nur noch schwach und erschöpft gegen den Strand. Ich konnte keine besondere Gefahr erkennen.

»Warum nicht?«, rief ich zurück. »Was ist los?«

Er hatte den Stock in den Sand geworfen und watete durch das seichte Wasser auf mich zu.

»Nicht schwimmen. *Dameda! Abunai!* Nicht schwimmen.« Dann packte er mich am Arm und zerrte mich an Land. Sein Griff war eisern, es hatte keinen Sinn, sich dagegen zu wehren. Erst als wir wieder am Strand waren, ließ er mich los. Dann stand er einige Augenblicke vor mir und versuchte wieder zu Atem zu kommen. »Gefährlich. Sehr schlimm. *Abunai!*« Er zeigte aufs Meer. »Nicht schwimmen. Sehr schlimm. Nicht schwimmen. Verstehen?« Er musterte mich eindringlich und ließ keinen Zweifel daran aufkommen, dass dies keineswegs als Ratschlag gemeint war, sondern als Befehl, dem ich besser gehorchte. Dann drehte er sich weg und stapfte zurück in den Wald, nachdem er seinen Stock aufgehoben hatte. Stella rannte ihm nach, aber ich rief sie zurück.

In diesem Augenblick empfand ich nichts anderes als blinden Trotz. Ich würde wieder ins Wasser gehen und so laut und provokant herumplantschen wie nur möglich. Ich würde es ihm schon zeigen. Die zum Himmel schreiende Ungerechtigkeit machte mich schier wahnsinnig. Erst hatte er mir verboten, Feuer zu machen. Dann hatte er mich auf eine Hälfte der Insel verbannt, und jetzt durfte ich nicht mal mehr schwimmen gehen. Am liebsten hätte ich ihm jede Beleidigung hinterhergebrüllt, die mir einfiel.

Aber ich tat es nicht. Und ins Wasser ging ich auch nicht mehr. Ich kapitulierte. Ich gab nach, weil ich nachgeben musste. Ich brauchte sein Essen, sein Wasser. Bis mein geheimer Holzstoß getrocknet war, bis das nächste Schiff vorbeikam, würde ich tun müssen, was er sagte. Ich hatte keine andere Wahl.

Ich baute im Sand vor meiner Höhle eine mannsgroße, liegende Gestalt, die ihn darstellen sollte, und hüpfte in meiner Entrüstung und Ohnmacht immer wieder darauf herum. Danach ging es mir etwas besser, aber nicht viel.

Bisher hatte ich es, von gelegentlichen, Übelkeit erregenden Anfällen von Heimweh und Einsamkeit abgesehen, geschafft, guten Mutes zu bleiben. Aber das war nun vorbei. Mein Holzhaufen blieb hartnäckig triefnass. Jeden Tag marschierte ich auf meinen Berg in der Hoffnung, ein Schiff zu entdecken, und jeden Tag breitete sich das Meer rundum leer vor mir aus. Ich fühlte mich immer einsamer und elender. Schließlich gab ich es auf, hochzuklettern. Das brachte doch sowieso nichts. Stattdessen blieb ich in der Höhle und rollte mich auch tagsüber stundenlang auf der Binsenmatte zusammen. Ich versank in meinem Unglück, dachte an nichts anderes als an meine aussichtslose Lage und daran, dass ich niemals von dieser Insel wegkommen, sondern hier sterben würde, ohne dass meine Mutter und mein Vater je erfuhren, was aus mir geworden war. Niemand würde es je erfahren, niemand außer dem alten Mann, dem Wahnsinnigen, meinem Gefängniswärter, meinem Peiniger.

Das Wetter blieb schwül und feucht. Wie ich mich danach sehnte, mich ins kühle Nass zu stürzen! Aber ich wagte es nicht. Bestimmt beobachtete er mich.

Mit jedem Tag, der verging, hasste ich den alten Mann ein Stückchen mehr, trotz der Fische und Früchte und trotz des Wassers, das er mir weiter täglich hinstellte. Sicher war ich niedergeschlagen und deprimiert, aber ich verspürte auch Wut, und dieses Gefühl ließ in mir langsam den alten Entschluss neu reifen: Ich musste entkommen!

Dieser Entschluss belebte mich wieder. Ich fing wieder an, jeden Tag auf den Aussichtsberg zu gehen. Ich legte mir einen neuen Vorrat an trockenen Blättern und Zweigen an, die ich am Waldrand sammelte, und stopfte sie tief in einen Felsspalt, sodass ich sicher sein konnte, dass sie immer trocken bleiben würden – für den Tag, an dem ich sie brauchte. Der Holzstoß war endlich ausgetrocknet. Ich baute ihn aus, höher und immer höher wuchs er.

Als ich alles erledigt hatte, was in meiner Macht stand, setzte ich mich hin und wartete darauf, dass der richtige Zeitpunkt kam. Denn er würde kommen, da war ich sicher. Tag für Tag, Woche für Woche kauerte ich auf dem Berggipfel, die Feuerscherbe in meiner Hosentasche auf Hochglanz poliert, mein Holzhaufen vorbereitet.

Doch als der Zeitpunkt schließlich kam, war ich überhaupt nicht oben auf dem Hügel. Eines Morgens verließ ich meine Höhle, den Kopf immer noch voll Schlaf, und da war es – ein Boot! Ein Boot mit merkwürdigen rotbraunen Segeln – ich nahm an, es war eine Art chinesische Dschunke –, und es dümpelte gar nicht so weit draußen auf dem Meer. Ich war sofort so aufgeregt, dass ich keinen klaren Gedanken mehr fassen konnte. Hals über Kopf rannte ich an den Strand und schrie mir die Seele aus dem Leib.

Aber ich erkannte schnell, dass es sinnlos war. Die Dschunke war vielleicht nicht sehr weit draußen, aber immer noch zu weit, als dass man mich hätte sehen oder hören können.

Ich versuchte mich zu beruhigen, versuchte nachzudenken ... Das Feuer! Ich muss das Feuer anzünden!

Ohne einmal stehen zu bleiben rannte ich den Berg hinauf, die bellende Stella auf den Fersen. Der Dschungel um mich herum protestierte knackend und kreischend und heulend gegen die plötzliche Störung. Ich häufte meinen Vorrat an trockenen Blättern auf, nahm meine Scherbe und kauerte mich neben den Holzstoß, um das Feuer anzuzünden. Aber ich zitterte vor Nervosität und

Erschöpfung schon so stark, dass ich die Hand nicht still genug halten konnte. Also baute ich genau wie beim ersten Mal ein Gestell aus Zweigen und legte die Scherbe darauf. Dann setzte ich mich daneben und fieberte dem Augenblick entgegen, in dem die Blätter zu glimmen anfangen würden.

Jedes Mal, wenn ich aufs Meer blickte, war die Dschunke noch da. Sie entfernte sich langsam, aber sie war noch da.

Es kam mir vor wie eine Ewigkeit, aber schließlich kringelte sich eine dünne Rauchfahne in die Luft und kurz darauf fraß sich ein glorreiches, wunderbares Flämmchen an der Kante eines Blattes entlang. Ich beugte mich darüber und blies ihm Leben ein.

Und da sah ich die Füße. Ich schaute auf. Der alte Mann stand über mir, die Augen voller Wut und Enttäuschung. Wortlos trat er mein gerade geborenes Feuerchen aus, bevor er sich meine Feuerscherbe schnappte und sie gegen den unter uns liegenden Fels schleuderte, sodass sie in tausend kleine Stücke zersprang. Als er mein kostbares Häuflein trockener Blätter mit dem Fuß auseinander schob, meinen Holzstoß umkippte und die Stöcke und Äste einen nach dem anderen den Hügel hinunterstieß, konnte ich nur weinend zuschauen. Eine Gruppe Orang-Utans hatte sich um uns versammelt und sah seinem Tun zu.

Bald war von meiner Feuerstelle nichts mehr übrig. Um mich herum war das Geröllfeld mit den Splittern meines Werks übersät. Ich dachte, der alte Mann würde mich anschreien, aber er tat es nicht. Er redete nur ganz ruhig und entschlossen auf mich ein. *»Dameda«*, sagte er.

»Aber warum?«, brach es aus mir heraus. »Ich will nach Hause. Da ist ein Boot, sehen Sie das nicht? Ich will nur nach Hause, sonst nichts. Warum lassen Sie mich nicht? Warum?«

Er stand nur da und starrte mich an. Einen Moment war mir, als hätte ich einen Schimmer von Verständnis in seinen Augen gesehen. Dann verbeugte er sich steif in der Taille und sagte: *»Gomen nasai. Gomen nasai.* Tut mir Leid. Sehr Leid.« Und damit ließ er mich dort stehen und kehrte in den Wald zurück, von den Orang-Utans gefolgt.

Ich kauerte auf dem Felsen und sah der Dschunke nach, bis sie nur noch ein kleiner Punkt am Horizont war und ich es nicht mehr ertragen konnte, ihr nachzusehen. Zu dem Zeitpunkt hatte ich bereits entschieden, wie ich es dem alten Mann am besten heimzahlen konnte. Ich war so außer mir vor Wut, dass es mich nicht mehr kümmerte, welche Folgen mein Handeln haben konnte. Jetzt nicht mehr.

Von Stella gefolgt rannte ich zum Strand, blieb kurz vor der Linie im Sand stehen und trat dann ganz demonstrativ darüber hinweg. Ich wollte, dass er genau sah, was ich da tat.

»Siehst du, alter Mann?«, schrie ich. »Schau! Ich bin drübergegangen. Ich hab deine blöde Grenze überschritten. Und jetzt geh ich schwimmen. Es ist mir egal, was du sagst. Es ist mir egal, ob du mich weiter fütterst oder nicht. Hast du gehört, alter Mann?« Dann drehte ich mich um und stürmte ins Wasser.

Wütend schwamm ich umher, bis ich völlig erschöpft und ein gutes Stück vom Ufer entfernt war. Ich strampelte mit den Beinen und schlug in meinem Zorn um mich, sodass das Wasser überall um mich herum Blasen warf und brodelte.

»Es ist auch mein Meer, nicht nur deins«, schrie ich. »Und ich schwimme darin, sooft ich Lust dazu habe.«

Da sah ich ihn. Hastig trat er aus dem Wald heraus, rief mir etwas zu und wedelte mit seinem Stock. Und in diesem Augenblick spürte ich einen scharfen, spitzen Schmerz – erst im Nacken, dann am Rücken und schließlich auch an den Armen. Eine große, milchig weiße Qualle schwebte direkt neben mir, streckte ihre Tentakel nach mir aus. Ich versuchte wegzuschwimmen, aber sie folgte mir, jagte mich. Wieder verbrannte ich mich, diesmal am Fuß. Der Schmerz kam augenblicklich und war höllisch. Wie eine Serie elektrischer Schocks durchfuhr er meinen ganzen Körper. Ich spürte, wie meine Muskeln sich verkrampften. Ich wollte um mich treten, wollte ans Ufer, aber es ging nicht. Meine Beine waren wie gelähmt, meine Arme auch. Ich ging unter und konnte nichts dagegen tun. Ich sah, wie die Qualle über mir schwamm, bereit, mir ihr tödliches Gift zu verpassen. Ich schrie und mein Mund füllte sich mit Wasser. Ich hustete und würgte. Ich würde sterben, ich würde ertrinken, aber es machte mir nichts aus. Ich wollte nur, dass der Schmerz aufhörte. Der Tod, das wusste ich, würde dem Schmerz ein Ende machen.

7. Kapitel

BEREDTES SCHWEIGEN

Ich roch Essig und dachte, ich wäre zu Hause. Mein Vater hatte freitags immer gebratenen Fisch mit Pommes für uns alle mitgebracht, und er liebte es, seinen Fisch mit Essig zu beträufeln – das ganze Haus roch dann danach, den ganzen Abend lang.

Ich schlug die Augen auf. Es war dunkel genug, dass es Abend sein konnte, aber ich war nicht zu Hause. Ich befand mich in einer Höhle, aber nicht in meiner. Rauch konnte ich auch riechen. Ich lag auf einer Schlafmatte, bis zum Kinn mit einem Laken zugedeckt. Ich versuchte mich aufzusetzen, aber ich konnte mich nicht bewegen, versuchte den Kopf zu drehen, es ging nicht. Ich konnte nichts bewegen außer meinen Augen. Aber fühlen konnte ich. Meine Haut, mein ganzer Körper brannte vor Schmerz, als hätte ich mich von Kopf bis Fuß verbrüht. Ich versuchte zu rufen, aber alles, was ich herausbrachte, war ein heiseres Flüstern. Da fiel mir die Qualle wieder ein. Alles fiel mir wieder ein.

Der alte Mann beugte sich über mich und legte mir beruhigend die Hand auf die Stirn. »Du jetzt besser«, sagte er. »Ich Kensuke. Du jetzt besser.«

Ich wollte nach Stella fragen, aber sie antwortete selbst, indem sie mir ihre feuchte Schnauze ans Ohr drückte.

Ich weiß nicht, wie viele Tage ich so dalag, zwischen Schlaf und Wachsein schwebend. Ich weiß nur, dass Kensuke jedes Mal, wenn ich aufwachte, neben mir saß. Er redete nur selten und ich konnte überhaupt nicht sprechen, aber das Schweigen zwischen uns sagte mehr als alle Worte. Mein früherer Feind, mein Gefängniswärter, war zu meinem Retter geworden.

Er richtete mich sanft auf, um mir Fruchtsaft oder warme Suppe einzuflößen. Er drückte mir einen Schwamm mit kühlendem Wasser auf der Haut aus, und wenn die Schmerzen so schlimm waren, dass ich aufschrie, hielt er mich im Arm und sang mich leise zurück in den Schlaf. Es war merkwürdig. Wenn er mir vorsang, war es wie ein Echo aus der Vergangenheit, vielleicht ein Echo der Stimme meines Vaters, ich wusste es nicht genau.

Langsam wurden die Schmerzen weniger. Zärtlich begleitete Kensuke mich zurück ins Leben. An dem Tag, als ich meine Finger wieder bewegen konnte, sah ich ihn zum ersten Mal lächeln.

Als ich schließlich in der Lage war, den Kopf zu drehen, verfolgte ich ihn mit den Augen, wenn er kam, wenn er ging, wenn er sich in der Höhle zu schaffen machte. Stella kam oft und legte sich neben mich, und auch sie ließ ihn nicht aus den Augen.

Jeden Tag konnte ich ein Stückchen mehr von meiner Umgebung sehen. Im Vergleich zu meiner Höhle am Strand war diese Behausung hier riesig. Wenn man von dem felsigen Deckengewölbe absah, hätte man kaum meinen können, dass wir uns überhaupt in einer Höhle befanden. Nichts Primitives haftete ihr an. Der Ort ähnelte eher einem offenen, schlichten Haus als einer Höhle – Küche, Wohnzimmer, Arbeitszimmer, Schlafzimmer, alles in einem Raum.

Kensuke kochte über einem kleinen Feuer, dessen Rauch im hinteren Teil der Höhle durch einen schmalen Spalt im Fels über uns entwich – vielleicht der Grund dafür, dachte ich, dass hier keine lästigen Moskitos waren. Immer hing an einem hölzernen Dreifuß etwas über dem Feuer, entweder ein rußgeschwärzter Kessel oder etwas, das wie lange Streifen von geräuchertem Fisch aussah und duftete.

Ich konnte den dunklen Schimmer verschiedener Metalltöpfe und Pfannen sehen, die in meiner Nähe auf einem Holzbrett aufgereiht waren. Andere Regalborde beherbergten Dutzende Dosen und Gläser in jeder nur denkbaren Größe und Form, und darunter hingen unzählige Sträuße von getrockneten Kräutern und Blumen. Die zerstampfte, mischte oder wog Kensuke oft ab, aber ich wusste nicht genau, zu welchem Zweck. Manchmal brachte er sie mir ans Bett, damit ich daran schnuppern konnte.

Die Höhle war spärlich möbliert. Seitlich des Eingangs stand ein niedriger Holztisch, kaum einen Fuß ragte er über dem Boden auf. Hier bewahrte Kensuke seine Pinsel auf, die immer ordentlich nebeneinander lagen, dazu verschiedene Gläser und Flaschen und Schalen.

Bei Tageslicht lebte und arbeitete Kensuke fast ausschließlich neben dem Höhleneingang. Für die Nacht rollte er seine Schlafmatte an der mir gegenüberliegenden Höhlenwand aus. Manchmal wachte ich frühmorgens auf und sah ihm beim Schlafen zu. Er lag immer auf dem Rücken, eng in sein Laken gewickelt, und kein Muskel bewegte sich.

Jeden Tag verbrachte er viele Stunden damit, sich vor den niedrigen Tisch zu knien und zu malen. Er malte auf große Muschelschalen, aber zu meiner Enttäuschung zeigte er mir nie das Ergebnis seiner Arbeit. In der Tat schien er selten mit seinem Werk zufrieden zu sein, denn sobald er etwas fertig gestellt hatte, wischte er es normalerweise weg und fing von vorne an.

Auf der anderen Seite des Höhleneingangs stand eine lang gestreckte Werkbank, über der ein großes Aufgebot von Werkzeugen hing – Sägen, Hammer, Meißel, alles Mögliche. Und hinter der Werkbank waren drei mächtige Holztruhen, in denen Kensuke oft herumwühlte – etwa auf der Suche nach einer Muschel oder einem sauberen Laken. Wir benutzten jeden Abend frische Laken.

In der Höhle trug er immer eine Art Wickelmorgenrock (einen Kimono, wie ich später erfuhr). Er fegte die Behausung mindestens einmal täglich und hielt sie tadellos sauber. Eine große Schüssel mit Wasser stand direkt am Eingang. Jedes Mal, wenn Kensuke nach Hause kam, wusch er sich darin die Füße und trocknete sie ab, bevor er die Höhle betrat.

Der Boden war vollständig mit Matten bedeckt, die wie unsere Schlafmatten aus geflochtenen Binsen gefertigt waren. Und die Wände waren ringsum, bestimmt bis in Kopfhöhe oder noch höher, mit Bambus verkleidet.

Es war eine schlichte, aber sehr gemütliche Wohnung. Nirgends lag etwas unordentlich herum. Alles hatte seinen bestimmten Platz und Zweck.

Als es mir immer besser ging, verließ Kensuke die Höhle häufiger und ließ mich allein, aber zum Glück nie besonders lange. Oft sang er, wenn er zurückkam, und präsentierte mir stolz die Fische, die er gefangen hatte, oder manchmal auch das Obst, die Kokosnüsse oder die Kräuter, die er unterwegs gesammelt hatte. Manchmal begleiteten ihn die Orang-Utans, aber sie blieben immer außerhalb der Höhle. Neugierig spitzten sie zu mir und zu Stella herein, die immer darauf achtete, ihnen nicht zu nahe zu kommen. Nur die jungen Affen versuchten ab und zu, die Höhle zu betreten, aber Kensuke musste dann nur in die Hände klatschen und schon flitzten sie davon.

Während der ersten Tage in der Höhle wünschte ich mir nichts sehnlicher, als dass wir hätten miteinander sprechen können. Es gab für mich tausend Geheimnisse zu entdecken, tausend Dinge, über die ich gern geredet hätte. Aber das Sprechen tat immer noch weh, außerdem hatte ich den Eindruck, dass Kensuke unser Schweigen genoss, es dem Reden vorzog. Offenbar war er ein sehr verschlossener Mensch und als solcher durchaus zufrieden.

Und dann kam er eines Tages, nachdem er stundenlang gekniet und an einem seiner Bilder gearbeitet hatte, an mein Bett und zeigte mir sein Werk. Es war die Abbildung eines Baumes in voller Blüte. Kensukes Lächeln sagte alles. »Für dich. Japan-Baum«, sagte er. »Ich Japan-Mensch.«

Ab diesem Tag zeigte er mir alle Bilder, die er malte, auch diejenigen, die er später wieder wegwischte. Alle waren mit einer Art Wasserfarbe oder Tusche gemalt, in Schwarz- und Weißtönen gehalten und zeigten Orang-Utans, Gibbons, Schmetterlinge, Delphine, Vögel oder Früchte. Nur ganz selten ließ er eines unzerstört und packte es behutsam in eine seiner Truhen. Von den Baumzeichnungen behielt er mehrere, fiel mir auf. Immer waren blühende Bäume darauf zu sehen, »Japan-Bäume«, wie er sie nannte, und wenn er sie mir zeigte, strahlte er übers ganze Gesicht. Es war klar zu sehen, dass er damit etwas mit mir teilte, was ihm besonders lieb und teuer war. Ich fühlte mich geehrt.

Im sterbenden Licht jeden Tages saß er neben meinem Lager und betrachtete mich, und die letzten Strahlen der Abendsonne streiften sein Gesicht. Ich hatte das Gefühl, er heilte mich mit seinen Augen. Vor dem Einschlafen dachte ich oft an meine Eltern. Ich wünschte mir so, ich könnte sie wiedersehen, ihnen sagen, dass ich noch am Leben war. Aber merkwürdigerweise vermisste ich sie nicht mehr.

Irgendwann fand ich auch meine Sprache wieder. Die Lähmung ließ nach und ich kam wieder zu Kräften. Jetzt konnte ich Kensuke nach draußen begleiten, sooft er mich dazu einlud, und das tat er häufig. Am Anfang kauerte ich mit Stella am Strand und sah zu, wie er mit dem Speer im seichten Wasser fischte. Er konnte unglaublich still stehen und blitzschnell zustoßen.

Eines Tages schnitzte er mir einen eigenen Speer. Ich sollte also mit ihm fischen gehen. Er zeigte mir, wo die größeren Fische waren, wo sich Kraken unter Steinen versteckten, wie man reglos wie ein Reiher im Wasser stand und lauerte, die Speerspitze nur knapp über der Wasseroberfläche, den Schatten im Rücken, damit die Fische nicht vorgewarnt waren. Als ich meinen ersten Fisch erwischte, war es genauso wie früher zu Hause, wenn ich für die »Schlammlerchen« ein Tor geschossen hatte – so ziemlich das herrlichste Gefühl auf der Welt, ehrlich.

Kensuke schien jeden einzelnen Baum des Waldes zu kennen, er wusste, wo die Früchte wuchsen, was reif war und was noch grün, wo es sich lohnte, zu klettern. Flink, leichtfüßig und furchtlos erklomm er selbst die unmöglichsten Bäume. Nichts von dem, was im Dschungel war, jagte ihm Angst ein, weder die heulenden Gibbons, die über seinem Kopf hin- und herschwangen, um ihn von ihren Früchten zu vertreiben, noch die Bienen, die um ihn herumschwirrten, wenn er ihnen einen Wabenblock aus einer Baumhöhlung stahl (er verwendete den Honig zum Süßen und zum Konservieren der Früchte). Und immer kam seine Orang-Utan-Familie mit, folgte uns wie ein Schatten durch den Wald, stieß als Spähtrupp ins Dickicht oder tollte hinter uns her. Kensuke musste nur singen und schon kamen sie angerannt. Der Klang seiner Stimme schien sie regelrecht zu hypnotisieren. Stella und ich irritierten sie, aber wir waren ihretwegen genauso nervös, und so blieben wir immer auf Abstand voneinander.

Eines Abends, als ich Kensuke beim Fischen zuschaute, kletterte mir überraschenderweise einer der jungen Orangs auf den Schoß und begann erst meine Nase, dann mein Ohr mit seinen Fingern zu untersuchen. Er zog kräftiger daran, als mir lieb war, aber ich hielt still. Ab da folgten die anderen zügig seinem Beispiel und benutzten mich als

Klettergerüst. Selbst die älteren Orang-Utans, die größeren, streckten ab und zu die Hand aus und berührten mich, aber zum Glück waren sie immer zurückhaltend und vorsichtig. Nur Stella wagte sich immer noch nicht in ihre Nähe und sie sich nicht in ihre.

Während der ganzen Zeit – ich hatte mittlerweile bestimmt schon ein paar Monate auf der Insel verbracht – hatte Kensuke nur sehr selten gesprochen. Das bisschen Englisch, das er beherrschte, fiel ihm sichtlich schwer. Wenn zwischen uns Worte fielen, erwiesen sie sich für das gegenseitige Verstehen normalerweise als wenig hilfreich. Also beschränkten wir uns meistens darauf, zu lächeln und zu nicken, zu zeigen und Handzeichen zu geben. Manchmal zeichneten wir auch Bilder in den Sand, um uns zu verständigen. Es reichte gerade so für den täglichen Umgang. Aber es gab so vieles, was ich herausfinden wollte, und ich brannte darauf, ihn danach zu fragen.

Wie kam es, dass er ganz allein auf der Insel war? Wie lange war er schon hier? Und wie war er an all die Töpfe, Pfannen und das Werkzeug gekommen und an das Messer, das er am Hosenbund trug? Woher stammten die Laken, die in der einen Truhe gestapelt waren? Woher genau kam er selbst? Und warum war er jetzt so gut zu mir, so aufmerksam, wo er mich doch zuvor eindeutig nicht hatte leiden können?

Aber jedes Mal, wenn ich es wagte, solch eine Frage zu stellen, schüttelte er nur den Kopf und wandte sich von mir ab, wie ein Taubstummer, der sich seiner Behinderung schämt. Ich war mir nie sicher, ob er mich wirklich nicht verstand oder mich nur nicht verstehen *wollte*. Wie auch immer, es war klar, dass er sich angesichts der Fragen unbehaglich fühlte, also drängte ich ihn nicht mehr. Fragen, so schien es, waren allgemein eine unerwünschte Störung. Ich verlegte mich aufs Warten.

Unser gemeinsames Leben war niemals langweilig und regelmäßig wie ein Uhrwerk. Bei Tagesanbruch standen wir auf und gingen ein Stück den Pfad hinunter, um in dem kühlen, erfrischenden Bach zu baden, der aus einem Hügel sprudelte und sich in einen Kessel aus glatt geschliffenen Felsen ergoss. Hier wuschen wir auch unsere Laken und Kleider (Kensuke hatte mir mittlerweile einen eigenen Kimono geschneidert), klatschten sie gegen die Steine und wrangen sie aus, bevor wir sie zum Trocknen über den Ast eines nahen Baumes hängten. Das Frühstück bestand aus Bananen und Kokosnussfleisch und einem dickflüssigen, breiigen Fruchtsaft, der fast täglich wechselte. Bananen konnte ich nie genug kriegen, aber Kokosnüsse konnte ich langsam nicht mehr sehen.

Die Vormittage verbrachten wir damit, entweder im flachen Wasser zu fischen oder im Wald Obst zu sammeln. Nach Stürmen gingen wir manchmal den Strand ab und suchten Muschelschalen für Kensukes Bilder – nur die größten und flachsten waren geeignet – oder Treibholz, das wir im hinteren Teil der Höhle lagerten. Es gab zwei Stapel, einen mit Feuerholz und einen, wie ich annahm, mit Stücken, die für Kensukes Schnitzarbeiten reserviert waren. Mittags aßen wir in der Höhle eine Mahlzeit aus rohem Fisch (immer köstlich) und Brotfrucht (immer fad und schwer zu schlucken).

Nach einem kurzen Nickerchen setzte Kensuke sich am Nachmittag an seinen niedrigen Tisch und fing an zu malen. Ich schaute zu und war jedes Mal so gefesselt, dass mir der Abend mit seinem schwindenden Licht immer viel zu früh kam. Dann kochten wir über dem Feuer Fischsuppe im Kessel. Alles Mögliche wanderte da hinein, Kopf und Schwanz der Fische (Kensuke vergeudete nichts) und ein Dutzend verschiedener Kräuter; danach gab es immer rote Bananen, so viele ich essen mochte. Ich musste nie hungrig schlafen gehen.

Nach dem Abendessen saßen wir zusammen am Höhleneingang und sahen zu, wie das letzte Stückchen der Sonne ins Meer fiel. Dann stand Kensuke auf, ohne ein Wort zu sagen. Wir verbeugten uns mit ernsten Gesichtern voreinander, dann breitete er seine Matte aus und ich die meine.

Kensuke bei der Arbeit zuzusehen kam mir immer vor wie ein Wunder. Er war bei allem, was er tat, so unglaublich konzentriert, so darin vertieft. Aber am liebsten schaute ich ihm beim Malen zu. Am Anfang erlaubte er mir nur, mich neben ihn zu knien und wortlos zuzusehen. Ich verstand, dass er auch hier seine Privatsphäre brauchte, nicht gestört werden wollte. Drei Schälchen stellte er vor sich auf den Tisch: eines mit Tintenfischtinte (für Kensuke waren Kraken nicht nur zum Essen da), eines mit Wasser und das dritte zum Mischen. Den Pinsel hielt er immer senkrecht und fest in der Hand, vier Finger auf der einen Seite, den Daumen auf der anderen. Kniend beugte er sich über seine Arbeit, sodass sein Bart beinahe die Muschel berührte – vielleicht war er ein bisschen kurzsichtig. Endlose Stunden schaute ich ihm zu, bewunderte die Feinheit seiner Arbeit, die Sicherheit seines Pinselstrichs.

Und dann stellte ich an einem regnerischen Nachmittag fest – wenn es mal regnete, goss es in Strömen –, dass er etwas für mich vorbereitet hatte: eine eigene Muschel, drei eigene Schälchen und einen eigenen Pinsel. Es bereitete ihm eine unbändige Freude, mir das Malen beizubringen, jeden meiner ungeschickten Versuche zu begleiten. Ich weiß noch, dass ich gleich am Anfang die Qualle zeichnen wollte, die mich angegriffen hatte. Er lachte laut, als er sie erkannte, aber nicht verächtlich, sondern weil er sich freudig daran erinnerte, was uns zusammengebracht hatte.

Ich hatte schon immer gern gezeichnet, aber bei Kensuke lernte ich das Malen richtig zu lieben. Um ein schönes Bild zu bekommen, musste ich zunächst gut beobachten, dann im Kopf das Bild zusammensetzen und es schließlich durch meinen Arm und die Pinselspitze aufs Papier schicken. All das brachte Kensuke mir ohne zu sprechen bei, er zeigte es mir einfach.

Die Beweise dafür, wie bemerkenswert er jedes Handwerk beherrschte, waren überall um mich herum. Er musste die Höhle komplett eigenhändig ausgestattet haben, meist mit Möbeln aus Treibholz: die Truhen, die Werkbank selbst, der Tisch. Er musste die Binsenmatten gemacht haben, die Wandverkleidung aus Bambus, alles.

Und bei näherem Hinsehen erkannte man, dass alles meisterlich gefertigt war; nirgends ein Nagel oder eine Schraube, alles war einfach nur ordentlich mit Holzstiften verdübelt. Nur wo es gar nicht anders gegangen war, hatte er einen Klebstoff benutzt, manchmal auch ein Stück Schnur. In einer Ecke lagerten Kletterseile für die Bäume, Speere, Fischnetze und Angelruten (obwohl ich ihn die Angelruten bislang noch nicht hatte benutzen sehen). Alles hatte er selbst hergestellt, sogar die Pinsel, die er zum Malen brauchte.

Ich sollte bald herausfinden, wie er das gemacht hatte. Kensuke mochte einen der Orang-Utans ganz besonders, ein großes Weibchen, das er Tomodachi nannte und das sich oft neben ihn setzte und gekrault werden wollte. Als er sie eines Tages wieder mal vor dem Höhleneingang kraulte – die anderen Orang-Utans schauten dabei zu –, sah ich, wie er ihr vorsichtig ein paar der längsten und dunkelsten Rückenhaare auszupfte. Er hielt sie hoch, um sie mir zu zeigen, und lächelte verschwörerisch. Zu dem Zeitpunkt verstand ich noch nicht, was er damit vorhatte. Aber später sah ich, wie er die Haare an seiner Werkbank mit dem Messer auf gleiche Länge schnitt und sie in den Pflanzensaft stippte, den er am Morgen einem Baum abgezapft hatte. Schließlich nahm er ein kurzes Stück Bambusrohr und steckte Tomodachis Haare hinein. Einen Tag später war der Pflanzenklebstoff getrocknet und der Pinsel fertig. Kensuke hatte offenbar Mittel und Wege gefunden, alles herzustellen, was er benötigte.

Eines Tages, als ich ihm schweigend beim Malen zuschaute, während der Regen auf den Wald unter uns herunterprasselte, hielt Kensuke inne, legte den Pinsel weg und sagte ganz langsam und wohl überlegt, als habe er seit langem schon darüber nachgedacht, wie er es ausdrücken sollte: »Ich bringen dir Malen bei, Mica.« (Dies war das erste Mal, dass er mich beim Namen nannte.) »Du bringen mir Englisch bei. Ich will sprechen Englisch. Du mein Lehrer.«

Und so begann der Englischunterricht, der sich über mehrere Monate erstrecken sollte. Jeden Tag, vom Tagesanbruch bis zur Abenddämmerung, übertrug ich die Welt um uns herum ins Englische. Wir taten das Gleiche wie immer, nur dass ich jetzt die ganze Zeit redete und er jedes Wort, jede Redewendung wiederholte, die er lernen wollte, wobei er immer angestrengt die Stirn runzelte.

Es war, als würde er jedes Wort regelrecht aufsaugen und in seinem Gehirn speichern, sobald er es ein einziges Mal ausgesprochen hatte. Er musste es nur einmal üben und schon vergaß er es nicht mehr – und wenn er doch einmal eine Vokabel nicht wusste, war er sehr ärgerlich mit sich selbst. Manchmal, wenn ich einen neuen Ausdruck ins Spiel brachte, fiel mir auf, dass seine Augen aufleuchteten. Dann nickte er und lächelte, als würde er das Wort wiedererkennen, als würde er einen alten Freund begrüßen. Dann wiederholte er es immer wieder, kostete den Klang aus, bevor er es für alle Zeit seinem Gedächtnis einverleibte. Und je mehr Wörter er lernte, desto mehr experimentierte er natürlich damit herum. Einzelne Wörter wurden zu Wortverbindungen und schließlich zu ganzen Sätzen. Nur seine Aussprache wurde nie besser, sosehr er sich auch bemühte. Michael war immer Mica, manchmal auch Micasan. Endlich konnten wir miteinander reden, das lange Schweigen, das unsere Freundschaft geprägt hatte, gehörte der Vergangenheit an. Es hatte zwar nie ein Hindernis zwischen uns dargestellt, aber es hatte uns eingeschränkt.

Eines Abends saßen wir bei Sonnenuntergang am Höhleneingang, als Kensuke sagte: »Du prüfst jetzt, ob ich verstehe, Micasan. Du erzählst mir Geschichte, Geschichte von dir, wo du wohnst, warum du kommst hier auf meine Insel. Von Baby bis jetzt. Ich höre zu.«

Also fing ich an zu erzählen. Ich erzählte ihm von zu Hause, von meiner Mutter und meinem Vater, von der Ziegelei, die geschlossen worden war, vom Fußballspielen mit Eddie und den »Schlammlerchen«, von der *Peggy Sue* und unserer Weltumsegelung, von den Fußballkindern in Brasilien, den Löwen in Afrika und den Spinnen in Australien, von der Krankheit meiner Mutter und von der Nacht, in der ich über Bord gegangen war.

»Sehr gut. Ich verstehe«, sagte er, als ich geendet hatte. »Also du hast gern Fußball. Als ich klein, ich auch spiele Fußball. Sehr glücklich Zeit in Japan, in mein Heimat.« Er hielt inne. »Du sehr weit weg von dein Heimat, Micasan. Du manchmal sehr traurig. Ich sehe. Also ich mach dich glücklich. Morgen wir gehen fischen und vielleicht ich sage dir auch meine Geschichte. Meine Geschichte, deine Geschichte – vielleicht jetzt dieselbe Geschichte.«

Die Sonne war verschwunden. Wir standen auf und verbeugten uns voreinander.

»Oyasumi nasai«, sagte Kensuke.

»Gute Nacht«, erwiderte ich. Nur zur Stunde des Sonnenuntergangs sprach er japanisch, obwohl er – meistens – auf Japanisch sang. Ich hatte ihm *Ten Green Bottles* beigebracht, das ihn beim Singen jedes Mal zum Lachen brachte. Ich liebte sein Lachen; es war niemals laut, eher ein in die Länge gezogenes Glucksen, aber bei seinem Klang wurde mir immer warm ums Herz.

Am nächsten Morgen nahm er zwei seiner Angelruten und ein Netz und ging mir voran in den Wald hinein. »Heute wir fangen groß Fisch, Mica, nicht klein Fisch«, verkündete er. Er führte uns auf die Seite der Insel, wo ich vor all den Monaten angespült worden war, mich seitdem aber nur noch selten aufgehalten hatte, weil es dort kaum oder gar kein Obst zu finden gab. Wir mussten uns über einen schwierigen Pfad den Weg durch den Dschungel bahnen, bevor wir auf einen weiteren Pfad stießen, der sich über die Klippen bis zu einer versteckten, sandigen Bucht hinunterschlängelte. Als wir den Wald hinter uns ließen und zum Strand kamen, stürzte Stella sich sofort ins seichte Wasser und gab mir durch Bellen zu verstehen, ich möge mit ihr spielen.

Auf einmal packte mich Kensuke am Arm. »Schau, Micasan. Was siehst du?« Seine Augen glitzerten schelmisch. Ich hatte keine Ahnung, wonach ich überhaupt Ausschau halten sollte. »Nichts da, ja? Ich sehr schlauer Mensch. Du schau. Ich zeige dir.« Er machte sich auf den Weg zum entfernten Ende des Strandes und ich folgte ihm. Dort angekommen begann er am Unterholz zu ziehen. Zu meiner Verblüffung glitt das üppige Grün einfach beiseite und gab den Blick frei auf etwas, das mir zunächst wie ein im Sand liegender Baumstamm erschien. Doch als Kensuke immer mehr Zweige wegschob, erkannte ich, dass es ein Boot war, ein Auslegerboot beziehungsweise ein langer und breiter Einbaum, der an beiden Seiten Auslegerspanten hatte. Leise vor sich hin kichernd klappte Kensuke das darüber liegende Segeltuch ganz langsam weg.

Im Inneren des Bootes, direkt neben einem der langen Ruder, lag mein Fußball. Kensuke hob ihn heraus und warf ihn mir zu. Der Ball war weicher geworden und das weiße Leder überall aufgesprungen und verblasst, aber an manchen Stellen konnte ich immer noch Eddies Unterschrift entziffern.

8. Kapitel

ALLE TOT IN NAGASAKI

Ich war außer mir vor Freude. Ich hatte einen Teil von mir wiederbekommen, den ich für alle Zeit verloren geglaubt hatte.

»Nun«, sagte Kensuke und strahlte mich an, »nun du bist glücklich Mensch, Micasan. Ich auch glücklich. Wir gehen fischen. Ich sage dir sehr bald, wo ich gefunden den Ball. Sehr bald ich sage dir alles. Klein Fisch jetzt nicht so gut. Nicht so viele. Wir brauchen groß Fisch aus tief Meer. Wir räuchern Fisch. Dann wir haben immer genug Fisch zu essen. Du verstehst?«

Das Auslegerboot war wesentlich schwerer, als es aussah. Ich half Kensuke, es über den Strand ins Wasser zu schleppen.

»Sehr gutes Boot«, sagte er, als wir Stella hineinhoben. »Geht niemals unter. Ich selbst gemacht. Sehr sicheres

Boot.« Er stieß es an, nachdem ich eingestiegen war, und sprang dann selbst hinein. Ich konnte einfach nicht aufhören, mich über seine unglaubliche Behändigkeit und Kraft zu wundern. Wie er da am Bug stand und mit einem einzigen Riemen ruderte, sah es eher so aus, als würde er staken. Sehr bald hatten wir den Schutz der Bucht hinter uns gelassen und fuhren in die Dünung des offenen Meeres hinaus.

Ich saß da, meinen kostbaren Fußball fest umklammert, Stella zu meinen Füßen, schaute Kensuke an und wartete darauf, dass er zu erzählen begann. Ich kannte ihn jetzt gut genug, um zu wissen, dass ich ihn nicht drängen durfte. Das Fischen war wichtiger. Wir hängten Köder an die Angelhaken und setzten uns schweigend an den Bootsrand, jeder auf einer Seite. Ich platzte fast vor Neugierde zu erfahren, wo Kensuke den Fußball gefunden hatte, aber ich traute mich nicht zu fragen, aus Angst, er würde sich dann verschließen und überhaupt nichts mehr sagen. Es dauerte eine Weile, bis er anfing, aber das Warten hatte sich gelohnt.

»Nun ich sage dir alles, Micasan«, begann er, »wie ich verspreche. Ich bin alt, aber es ist nicht lange Geschichte. Ich bin geboren in Japan, in Nagasaki. Sehr groß Stadt, am Meer. Ich aufwachsen in Nagasaki. Als ich junger Mann, ich studiere Medizin in Tokio. Bald ich bin Doktor, Doktor Kensuke Ogawa. Ich sehr stolzer Mann. Ich kümmere um viele Mütter, viele Babys. Ich erste Person, die viele Babys auf der Welt sehen. Dann ich gehe nach London. Ich Ausbildung in London, Guy's Hospital. Du kennst Krankenhaus?«

Ich schüttelte den Kopf.

»Natürlich ich lerne dort bisschen Englisch sprechen. Dann ich gehe zurück nach Nagasaki. Ich habe schöne Frau, Kimi. Dann ich habe auch kleinen Sohn, Michiya. Ich sehr glücklich Mensch damals. Aber bald kommt Krieg. Alle japanisch Männer jetzt Soldaten, vielleicht auf See. Ich gehe zu Marine. Ich Doktor auf groß Kriegsschiff.«

Ein Fisch zog an seiner Angelleine und schnappte sich den Köder, aber nicht den Haken. Während er einen neuen Köder aufspießte, fuhr Kensuke fort: »Krieg nun sehr lange her.«

Ich hatte mal was über die Kämpfe gegen Japan im Zweiten Weltkrieg gehört – und ein paar Filme gesehen –, aber ich wusste nur wenig darüber.

Kensuke schüttelte den Kopf. »Viele sterben in Krieg.

Schrecklich Zeit, der Krieg. Viele Schiffe untergehen. Japanisch Flotte gewinnt viele Schlachten. Alle Japaner sehr glücklich Menschen. Wie bei Fußball, wenn du gewinnst, du glücklich. Wenn du verlierst, dann traurig. Ich fahre nach Hause oft, sehe Kimi und mein klein Michiya in Nagasaki. Er wächst schnell. Schon groß Junge. Wir alle sehr glücklich Familie.

Aber Krieg dauert lange. Viele Amerikaner kommen, viele Schiff, viele Flugzeug, viele Bombe. Nun Krieg läuft nicht mehr so gut für Japan. Wir kämpfen, aber nun wir verlieren. Sehr schlecht Zeit. Wir sind in groß Seeschlacht. Amerikaner Flieger kommen. Mein Schiff bombardiert. Da ist Feuer und Rauch. Schwarz Rauch. Viele Männer verbrennen. Viele Männer tot. Viele springen in Meer. Aber ich bleibe. Ich bin Doktor, bleibe bei meine Patienten. Flieger kommen wieder. Noch mehr Bombe. Ich glaube, diese Mal ich bin toter Mensch, ganz sicher. Aber ich bin nicht. Ich schaue auf ganze Schiff. Alle Patienten tot. Alle Seemann tot. Ich bin einziger Mensch lebt auf dem Schiff, aber Motor läuft noch. Schiff bewegt sich allein. Fährt jetzt, wohin will. Ich kann nicht drehen Steuer. Ich kann tun nichts. Aber ich höre Radio. Amerikaner sagen in Radio, groß Bombe fällt auf Nagasaki,

Atombombe. Viele tot. Ich sehr traurig Mensch. Ich denke, Kimi tot, Michiya tot. Mein Mutter auch in Nagasaki, ganze Familie. Ich denke, alle tot. Bald in Radio sagt, Japan gibt auf. Ich so traurig, ich will sterben.«

Er fischte eine Weile weiter, ohne ein Wort zu sagen, dann fuhr er schließlich fort: »Dann Motor bleibt stehen, aber Schiff nicht untergeht. Groß Wind kommt, groß Sturm. Ich denke, ich sterbe sicher jetzt. Aber Meer treibt Schiff und bringt mich hier zu Insel. Schiff kommt an Strand und ich immer noch nicht tot.

Bald ich finde Essen und Wasser auch. Ich lebe wie Bettler lange Zeit. Innen ich fühle mich schlecht. Ich denke, alle Freund tot, mein Familie tot und ich am Leben. Ich will nicht leben. Aber bald ich lerne kennen Orang-Utans. Sie sehr nett zu mir. Hier sehr schön, sehr friedlich Ort. Kein Krieg hier, kein schlecht Mensch. Ich sage zu mir, Kensuke, du Glück gehabt, dass du am Leben. Vielleicht du bleibst hier.

Ich hole viele Sachen von Schiff, ich hole Essen, ich hole Kleider, Laken. Ich hole Töpfe. Ich hole Flaschen. Ich hole Messer. Ich hole Fernglas. Ich hole Medizin. Ich finde viele Sachen, viele Werkzeug auch. Ich hole alles, was ich finde. Als Kensuke fertig, nicht mehr viel übrig auf Schiff. Ich finde Höhle. Ich verstecke alle Sachen in Höhle. Bald kommt schrecklich Sturm und Schiff treibt auf Felsen. Sehr bald es geht unter. Ein Tag kommen amerikanisch Soldaten. Ich verstecke. Ich will nicht ergeben, das ist nicht ehrenhaft. Ich auch groß Angst. Ich verstecke in Wald mit Orang-Utans. Amerikaner machen Feuer an Strand. Sie lachen in der Nacht. Ich lausche. Ich höre sie. Sie sagen, alle tot in Nagasaki. Sie sehr glücklich deswegen. Sie lachen. Ich jetzt sehr sicher, dass ich bleibe auf Insel. Wozu nach Hause gehen? Bald Amerikaner fahren weg. Mein Schiff jetzt unter Wasser, sie finden nicht. Mein Schiff immer noch hier. Unter Sand jetzt, Teil von Insel.«

Der verrostete Rumpf, über den ich an meinem ersten Tag auf der Insel gestolpert war! So vieles ergab jetzt langsam einen Sinn.

Plötzlich biss ein Fisch an und riss mir fast die Angelrute aus der Hand. Kensuke beugte sich herüber, um mir zu helfen. Wir mussten uns mehrere Minuten lang abmühen, um den Fisch aus dem Wasser zu kriegen, aber mit vereinten Kräften schafften wir es schließlich, die Leine einzuholen. Als der Fisch endlich zu unseren Füßen auf dem Boden des Bootes zappelte, lehnten wir uns erschöpft zurück. Er war einfach riesig, größer als der größte Fisch, den ich je gesehen hatte, sogar größer als der Hecht, den mein Vater mal im Stausee geangelt hatte.

Kensuke beförderte den Fisch rasch ins Jenseits, indem er ihm mit dem Messergriff kurz und kräftig auf den Nacken schlug. »Guter Fisch. Sehr guter Fisch. Du sehr kluger Fischermann, Mica. Wir gut zusammen. Vielleicht jetzt wir können fangen noch mehr.«

Aber es dauerte mehrere Stunden, bis wir den nächsten Fisch fingen, auch wenn es mir nicht so lange vorkam. Kensuke erzählte mir von seinem einsamen Leben hier auf der Insel, davon, wie er gelernt hatte zu überleben, sich von der Insel zu ernähren. Meistens, sagte er, habe er den Orang-Utans abgeschaut, was sie aßen und was nicht. Er hatte gelernt, genauso zu klettern wie sie. Er hatte gelernt, ihre Sprache zu verstehen, ihre Warnsignale zu beachten – den huschenden Blick, das nervöse Kratzen. Irgendwann hatten sie begonnen ihm zu vertrauen, irgendwann war er einer von ihnen geworden.

Als wir uns an diesem Abend mit drei riesigen Fischen im Boot – es müssen Thunfische gewesen sein – auf den Weg nach Hause machten, hatte Kensuke seine Geschichte beinahe zu Ende erzählt. Während er ruderte, erzählte er weiter: »Nach Amerikaner kommen keine Männer mehr auf mein Insel. Ich hier viele Jahre allein. Ich vergesse nicht Kimi. Ich vergesse nicht Michiya. Aber ich lebe. Dann sie kommen, vor ein Jahr vielleicht. Sehr schlechte Menschen, Mördermenschen. Sie haben Gewehr. Sie jagen. Sie schießen. Ich singe für mein Orang-Utans. Sie kommen zu mir, wenn ich singe. Sie haben sehr Angst. Sie kommen alle in mein Höhle. Wir verstecken. Mördermenschen finden uns nicht. Aber in Wald sie schießen – du hast mir Name gesagt – Gibbonaffen. Sie schießen Mütter. Sie nehmen Babys. Warum sie müssen machen so etwas? Ich sehr böse. Ich denke, alle Menschen Mördermenschen. Ich hasse alle Menschen, ich denke. Ich will nie mehr sehen Menschen.

Ein Tag ich brauche groß Fisch zu räuchern, und ich fahre fischen mit dies Boot. Wind bläst falsche Richtung. Ich treibe weit hinaus. Meer zieht mich weg sehr stark. Ich versuche zu kommen zurück zu mein Insel. Geht nicht. Ich bin alt. Arme sind nicht stark. Als Nacht kommt, ich bin immer noch weit draußen. Ich habe sehr Angst. Ich singe. Macht mich tapfer. Ich höre Schrei. Ich sehe Licht. Ich denke, ich Traum. Dann ich höre jemand anders singen im Meer, in Dunkelheit. Ich fahre schnell, wie ich kann. Ich finde dich und Stella und Ball. Du fast toter Mensch, Micasan. Stella fast toter Hund.«

Also war es Kensuke gewesen, der mich aus dem Meer gefischt, mich gerettet hatte. Warum war mir das nicht schon früher klar geworden?

»Am Morgen«, fuhr er fort, »Meer bringt uns zurück zu mein Insel. Ich sehr froh, dass du nicht tot. Aber ich auch sehr böse. Ich will allein sein. Ich will nicht sehen Menschen. Für mich alle Menschen Mördermenschen. Ich will dich nicht auf mein Insel. Ich trage dich. Ich lege dich an Strand. Ich lasse dir Essen. Ich lasse dir Wasser, dass du nicht stirbst. Aber du machst Feuer. Ich will nicht, dass Menschen kommen. Ich will nicht, dass Menschen finden mich hier. Vielleicht sie kommen. Vielleicht sie schießen Orang-Utans, schießen Gibbonaffen. Vielleicht sie finden mich, holen mich auch. Ich sehr böse, mache Feuer aus. Ich will nicht sprechen mit dir. Ich will dich nicht sehen. Ich mache Strich in Sand.

Groß Sturm kommt, größte ich je sehe. Nach Sturm Meer voll von Quallen. Ich kenne Quallen. Sehr schlimm. Sie berühren, ist man sehr tot. Ich weiß. Ich sage, nicht schwimmen, sehr gefährlich. Sehr bald ich sehe, du machst groß Feuer auf Hügel. Ich denke, du schlechter Mensch.

Ich jetzt sehr böse und du auch sehr böse. Du schwimmst in Meer. Qualle sticht. Ich denke, du sicher toter Mensch. Aber du sehr stark. Du lebst. Ich bringe dich in Höhle. Ich habe Essig. Ich mache aus Beeren. Essig tötet Gift. Du lebst, Mica, aber lange Zeit du sehr krank Junge. Du wieder gesund und wir jetzt Freunde. Wir sehr gute Freunde.«

Und das war sie, seine ganze Geschichte. Er hörte eine Weile auf zu rudern und lächelte zu mir herunter. »Du jetzt wie mein Sohn für mich. Wir glücklich Menschen. Wir malen. Wir fischen. Wir glücklich. Wir bleiben zusammen. Du meine Familie jetzt, Micasan. Ja?«

»Ja«, erwiderte ich. Und ich meinte und empfand es auch so.

Er überließ mir das Ruder und zeigte mir, wie man auf seine Art ruderte, aufrecht stehend, die Beine gespreizt und die Füße fest gegen das Holz gestemmt. Es war keineswegs so einfach, wie es bei ihm ausgesehen hatte. Aber er vertraute ohne Zweifel darauf, dass ich uns wieder zur Insel bringen würde, denn er lehnte sich im Bug des Auslegerbootes zurück und schlief fast augenblicklich ein, den Mund geöffnet, das Gesicht eingefallen. Wenn er schlief, sah er sogar noch älter aus, als er war. Ich schaute ihn an und versuchte mir vorzustellen, wie sein Gesicht ausgesehen haben musste, als er auf der Insel gestrandet war, vor langer, langer Zeit, vor über vierzig Jahren. Ich schuldete ihm so viel. Er hatte mir zweimal das Leben gerettet, hatte mich ernährt und mich zu seinem Freund gemacht. Er hatte Recht, wir waren glücklich und ich war seine Familie.

Aber ich hatte noch eine andere Familie. Ich dachte an das letzte Mal, als ich auf dem Meer unterwegs gewesen war, dachte an meine Mutter und meinen Vater und daran, wie sehr sie um mich trauern mussten, jeden Tag, jede Nacht. Inzwischen dachten sie bestimmt, ich sei ertrunken, denn es war absolut unwahrscheinlich, dass ich überlebt haben konnte. Aber ich *war* nicht ertrunken, ich *hatte* überlebt. Irgendwie musste ich sie wissen lassen, dass ich noch am Leben war.

Als ich an diesem Nachmittag so mühsam ruderte, um das Auslegerboot zurück zur Insel zu bringen, war ich auf einmal von einer überwältigenden Sehnsucht erfüllt, meine Eltern wiederzusehen, wieder mit ihnen zusammen zu sein. Ich könnte das Boot stehlen, dachte ich. Ich könnte wegrudern, ich könnte wieder ein Feuer machen. Aber noch während ich es dachte, wusste ich, dass ich es nicht tun konnte. Wie hätte ich Kensuke verlassen können nach allem, was er für mich getan hatte? Wie hätte ich sein Vertrauen missbrauchen können?

Also versuchte ich mir das Ganze aus dem Kopf zu schlagen und ich glaube wirklich, dass es mir auch gelungen wäre. Aber am nächsten Morgen fand ich diese Colaflasche am Strand und da nistete sich die Idee zu fliehen wieder in meinem Hirn ein und verfolgte mich Tag und Nacht, ohne Unterlass.

Ein paar Tage bewahrte ich die Colaflasche im Sand vergraben auf, während ich mit meinem Gewissen kämpfte oder, besser gesagt, mein Vorhaben vor mir selbst rechtfertigte. Es würde kein richtiger Verrat sein, redete ich mir ein, nichts dergleichen. Selbst wenn die Flasche irgendwo gefunden werden sollte, würde doch niemand wissen, wo ich zu finden war. Sie würden nur erfahren, dass ich noch lebte. Ich würde es tun, beschloss ich, und zwar so bald wie möglich.

Eines Tages machte Kensuke sich auf den Weg zum Krakenfischen. Ich blieb in der Höhle, um eine Muschelzeichnung fertig zu machen – das jedenfalls sagte ich ihm. Ganz unten in einer seiner Truhen fand ich ein altes Laken, von dem ich eine kleine Ecke abriss. Dann kniete ich mich an den Tisch, breitete das Stück Leintuch aus und schrieb mit Tintenfischtinte meine Nachricht darauf:

Empfänger: die Peggy Sue*, Fareham, England.*
Liebe Mum, lieber Dad,
ich bin am Leben. Es geht mir gut. Ich lebe auf einer Insel. Ich weiß nicht, wo sie liegt. Kommt mich holen.
Alles Liebe,
Michael

Ich wartete, bis die Tinte getrocknet war, dann rollte ich das Stück Stoff zusammen, buddelte meine Colaflasche aus, schob den Brief hinein und schraubte den Deckel fest zu. Ich vergewisserte mich, dass Kensuke immer noch beim Fischen war, dann machte ich mich auf den Weg.

Ich rannte die ganze Insel ab, immer am Waldrand entlang, sodass Kensuke auf keinen Fall sehen konnte, wohin ich ging oder was ich vorhatte. Das vorwurfsvolle Geheul der Gibbons begleitete mich, der ganze Dschungel krächzte und kreischte mir seine Missbilligung entgegen. Ich hoffte nur, dass Stella nicht zurückbellen und damit verraten würde, wo ich war. Aber sie blieb still.

Endlich erreichte ich die Felsen unterhalb meines Aussichtsberges. Ich sprang von einem Felsen zum anderen, bis ich auf dem letzten Zipfel der Insel stand und die Wellen meine Füße umspülten. Ich schaute mich um. Stella war der einzige Zeuge meines Tuns. Ich schleuderte die Flasche so weit aufs Meer hinaus wie nur möglich. Dann stand ich da und sah zu, wie sie sich auf- und abwippend vom Ufer entfernte. Die Flaschenpost war unterwegs.

An diesem Abend rührte ich meine Fischsuppe nicht an. Kensuke dachte, ich wäre krank. Ich konnte kaum mit ihm sprechen. Ich konnte ihm nicht in die Augen sehen. Die ganze Nacht wälzte ich mich auf meiner Matte hin und her, von Schuldgefühlen geplagt und dennoch voller Hoffnung, dass jemand meine Flasche finden würde.

Am darauf folgenden Nachmittag saßen Kensuke und ich gerade an unseren Malereien, als Stella in die Höhle getrottet kam. Sie hatte die Colaflasche in der Schnauze. Sie ließ sie fallen und sah keuchend und selbstzufrieden zu mir hoch. Kensuke lachte und hob die Flasche auf. Ich glaube, er wollte sie mir gerade reichen, als er bemerkte, dass etwas darin steckte. Sein Blick verriet mir, dass er sofort wusste, was es war.

9. Kapitel

DIE NACHT DER SCHILDKRÖTEN

Ein langes, schmerzhaftes Schweigen breitete sich zwischen uns aus. Kein einziges Mal machte Kensuke mir zum Vorwurf, was ich getan hatte. Er war weder böse noch mürrisch mir gegenüber. Aber ich wusste, dass ich ihn bis ins Mark getroffen hatte. Nicht, dass wir nicht mehr miteinander gesprochen hätten – das taten wir durchaus, aber es war nicht mehr wie vorher. Jeder von uns lebte nun in seinem eigenen Kokon, wir waren sehr freundlich und höflich zueinander, aber eben nicht mehr zusammen. Kensuke hatte sich in sich selbst zurückgezogen und versank in seiner eigenen Gedankenwelt. Die Wärme war aus seinem Blick verschwunden, das Gelächter in unserer Höhlenbehausung verstummt.

Er sagte zwar kein Wort darüber – das war auch nicht nötig –, aber ich wusste, dass er jetzt wieder lieber allein malen, allein fischen, allein sein wollte. Also ging ich mit Stella Tag für Tag die Insel ab und hoffte jedes Mal, dass er mir verziehen haben würde, wenn ich zurückkam, dass wir wieder Freunde sein könnten. Aber er behielt den Abstand zwischen uns bei.

Ich trauerte um meinen verlorenen Freund. Ich weiß noch, dass ich in dieser Zeit oft ans andere Ende der Insel spazierte, auf meinen Aussichtsberg kletterte und stundenlang dort saß. Jetzt hielt ich nicht mehr Ausschau nach vorbeifahrenden Schiffen, sondern trug die Erklärung für mein Tun mit lauter Stimme vor. Aber gleichgültig, wie oft ich das Ganze durchging, ich konnte mich nicht einmal selber davon überzeugen, dass mein Vorgehen etwas anderes als Verrat gewesen war.

Doch am Ende war es Kensuke, der mir alles erklärte.

Wir hatten uns gerade schlafen gelegt, als plötzlich Tomodachi erschien und sich vor dem Höhleneingang hinkauerte. Das hatte sie in der letzten Zeit schon ein-, zweimal gemacht, war dann ein paar Minuten sitzen geblieben, hatte zu uns hereingespäht und war dann wieder gegangen. »Sie Kikanbo wieder verloren«, sprach Kensuke in die Dunkelheit. »Sie verliert immer ihr Baby. Kikanbo schlimmes Baby. Läuft viel weg. Macht Tomodachi traurige Mutter.« Er klatschte in die Hände, um sie zu verscheuchen. »Kikanbo nicht hier, Tomodachi. Nicht hier.«

Aber Tomodachi blieb sitzen, ich glaube, hauptsächlich um sich trösten zu lassen. Ich hatte schon oft gesehen, wie die Orang-Utans zu Kensuke kamen, wenn sie traurig oder verängstigt waren, einfach nur in seiner Nähe sein wollten. Nach einiger Zeit schlich sich Tomodachi in die Nacht davon und ließ uns wieder allein, allein mit dem Getöse des Dschungels und dem Schweigen zwischen uns.

»Ich denke viele Gedanken«, durchbrach Kensuke plötzlich die Stille. »Du schläfst, Micasan?«

Seit Wochen hatte er mich nicht mehr beim Namen genannt, seit dem Vorfall mit der Colaflasche. »Nein«, sagte ich.

»Sehr gut. Ich habe viel zu sagen. Du hörst zu. Ich spreche. Ich denke viele Gedanken. Wenn ich denke an Tomodachi, ich denke an deine Mutter. Deine Mutter, sie verliert auch ihr Baby. Sie verliert dich. Das für sie sehr traurig. Vielleicht sie kommt suchen und sie findet dich nicht. Du bist nicht da, wenn sie kommt. Sie denkt, du tot für immer. Aber sie sieht dich in Gedanken. Vielleicht jetzt, wo ich spreche, sie sieht dich in Gedanken. Du immer da. Ich weiß. Ich habe auch Sohn. Ich habe Michiya. Er immer in mein Gedanken. Wie Kimi. Sie sicher tot, aber trotzdem in mein Gedanken. Für immer.«

Lange Zeit sagte er nichts weiter, und ich dachte schon, er wäre eingeschlafen. Doch dann fuhr er fort: »Ich sage dir alles, was ich denke, Micasan. Beste Weg. Ich bleibe auf Insel, weil ich will bleiben auf Insel. Ich will nicht gehen nach Hause, nach Japan. Für dich anders. Du willst gehen nach Hause, über Meer, und das ist richtig, gute Sache für dich. Aber nicht gut für mich. Für mich sehr traurige Sache. Viele Jahre ich lebe hier allein. Ich hier glücklich. Dann du kommst. Ich hasse dich, als du kommst. Aber nicht lange und du bist wie Sohn für mich. Ich denke, ich vielleicht Vater für dich, genau wie du Sohn für mich. Ich nun sehr traurig, wenn du gehst. Mir gefällt reden mit dir. Mir gefällt zuhören. Mir gefällt Klang, wenn du redest. Ich will, du bleibst hier auf Insel. Du verstehst?«

»Ich glaube schon«, sagte ich.

»Aber du machst schlimme Sache. Wir Freunde, aber du sagst mir nicht, was du fühlst. Du sagst nicht, was du tust. Das ist nicht ehrenhaft. Als ich finde Flasche, als ich lese Worte, ich sehr trauriger Mensch. Aber dann ich verstehe. Ich denke, du willst vielleicht hier bleiben mit mir, aber du willst auch gehen nach Hause. Also du schreibst Brief, als du findest Flasche. Du sagst nicht, was du tust, weil du denkst, macht mich traurig. Ich Recht, ja?«

»Ja«, sagte ich.

»Du sehr jung Mensch, Micasan. Du malst gut Bilder, sehr gut, wie Hokusai. Du hast lang Leben, wartet auf dich. Du kannst nicht leben ganzes Leben hier auf Insel mit ein alt Mann, der stirbt ein Tag. Also ich denke so und ändere mein Meinung. Du weißt, was wir machen morgen?« Er wartete meine Antwort gar nicht erst ab. »Wir machen neu Feuer, groß Feuer. Wir bereit, wenn wir sehen Schiff. Dann du gehst nach Hause. Und wir machen noch ein Sache. Wir spielen Fußball, du und ich. Was sagst du?«

»Einverstanden.« Das war alles, was ich herausbrachte. In diesen paar Augenblicken hatte er mir die ganze Last meiner Schuld von den Schultern genommen und hatte mir so viel Freude, so viel neue Hoffnung geschenkt.

»Sehr gut. Sehr gut. Du schläfst jetzt. Wir haben viel Arbeit morgen, viel Fußball auch.«

Am nächsten Morgen begannen wir auf dem Gipfel über der Höhle mit dem Bau einer Feuerstelle. Wir verwendeten dafür den größten Teil des Holzes, das wir für unser Kochfeuer gesammelt und im trockenen, hinteren Teil der Höhle gelagert hatten. Aber Kensuke opferte auch ein paar seiner besten Stücke Treibholz. Wir mussten das Material nicht weit tragen, also hatten wir nach kurzer Zeit schon genug zusammen, um ein ansehnliches Feuer zu entfachen. Kensuke sagte, für den Augenblick würde es reichen, schließlich könnten wir noch mehr Holz aus dem Wald herbeischaffen, jeden Tag ein bisschen, so viel wir wollten. »Wir bald haben Feuer so groß, dass sie können in Japan vielleicht sehen«, lachte er. »Wir essen Mittag nun, dann schlafen, dann Fußball. Ja?«

Am Nachmittag steckten wir mit zwei in den Sand gerammten Stöcken ein Tor ab und begannen uns als Torwart beziehungsweise Elfmeterschütze abzuwechseln. Der Ball war sehr weich und sprang im Sand nicht besser als seinerzeit auf dem Schulhof im Schlamm, aber das machte mir nichts aus. Kensuke mochte zwar so alt sein wie die Berge, mochte sich beim Gehen auf einen Stock stützen, aber Fußball spielen konnte er trotzdem noch gut genug, um mich – und zwar nicht nur einmal – auszutricksen und den Ball an mir vorbei ins Tor zu befördern.

Wir hatten einen Mordsspaß. Eine Horde verwunderter Orang-Utans schaute uns zu und Stella rannte uns immer wieder zwischen die Beine und jagte nach jedem erzielten Tor dem Ball hinterher. Weder Kensuke noch ich wollten aufhören, doch schließlich war es die Dunkelheit, die uns wieder in die Höhle trieb. Wir waren beide so müde, dass wir gerade mal unseren Durst ausgiebig stillen und ein, zwei Bananen essen konnten, bevor wir auf unsere Schlafmatten fielen.

Jetzt, nach unserer Versöhnung, lernte ich Kensuke besser kennen als je zuvor. Sein Englisch wurde immer flüssiger und es war ihm deutlich anzumerken, dass er es sehr gern sprach. Aus irgendeinem Grund redete er am liebsten, wenn wir mit seinem Auslegerboot zum Fischen hinausfuhren. Aber so oft fuhren wir nicht hinaus, nur wenn der Fischbestand im seichten Wasser so spärlich war, dass wir zum Räuchern und Einlagern große Fische fangen mussten.

Sobald wir auf hoher See waren, flossen die Geschichten nur so aus ihm heraus. Er erzählte viel über seine Kindheit in Japan, über seine Zwillingsschwester. Das Schlimmste, was er je getan hatte, war, sie vom Kirschbaum im Garten hinunterzustupsen. Sie hatte sich den Arm gebrochen, und jedes Mal, wenn er nun den Kirschbaum malte, dachte er an sie. Aber auch sie war in Nagasaki gewesen, als die Bombe fiel.

Ich weiß noch, dass er mir die Adresse nannte, unter der er während seines Studiums in London gewohnt hatte – Clanricarde Gardens Nr. 22, ich hab's nie vergessen. Einmal war er ins Fußballstadion gegangen, um Chelsea spielen zu sehen, und danach war er auf einem der Löwen am Trafalgar Square geritten und von einem Polizisten verjagt worden.

Aber am meisten sprach er von Kimi und Michiya und davon, wie sehr er sich wünschte, er hätte miterleben können, wie Michiya aufwuchs. Wenn nicht die Bombe auf Nagasaki gefallen wäre, wäre Michiya jetzt schon an die fünfzig, sagte er, und Kimi genauso alt wie er selbst. Ich unterbrach ihn nur selten, wenn er in dieser Stimmung war, aber einmal sagte ich, um ihn zu trösten: »Bomben töten nicht alle Menschen. Sie könnten doch noch am Leben sein. Man weiß nie. Du könntest es herausfinden. Du könntest nach Hause fahren.«

Er sah mich an, als wäre ihm dieser Gedanke in all den Jahren noch nie gekommen.

»Warum nicht?«, fuhr ich fort. »Wenn wir ein Schiff sehen und das Feuer anmachen und sie dann kommen, um mich zu holen, könntest du doch auch mitgehen. Du könntest wieder nach Japan fahren. Du musst nicht hier bleiben.«

Er dachte eine Zeit lang darüber nach, dann schüttelte er den Kopf. »Nein«, sagte er. »Sie sind tot. Bombe war sehr große Bombe, sehr schreckliche Bombe. Amerikaner sagen, Nagasaki ist zerstört, jedes Haus. Ich höre sie. Meine Familie sicher tot. Ich bleibe hier. Ich hier sicher. Ich bleibe auf mein Insel.«

Jeden Tag häuften wir noch mehr Holz auf den Stoß. Er war jetzt riesig, noch größer als der, den ich damals gebaut hatte. Jetzt schickte mich Kensuke jeden Morgen, bevor wir zum Wasserloch hinunterstiegen, um uns zu waschen, mit seinem Fernglas auf den Aussichtsplatz hinauf. Jedes Mal suchte ich den Horizont gleichzeitig hoffnungsvoll und beklommen ab. Ich wünschte mir wirklich, ich würde ein Schiff erblicken, natürlich wünschte ich mir das. Ich sehnte mich nach zu Hause. Aber gleichzeitig hatte ich Angst vor den Folgen. Ich fühlte mich so wohl bei Kensuke. Der Gedanke, ihn zu verlassen, erfüllte mich mit unendlicher Traurigkeit. Ich beschloss alles in meiner Macht Stehende zu tun, um ihn zu überzeugen mitzukommen, falls und sobald ein Schiff uns finden würde. Mittlerweile sprach ich bei jeder sich bietenden Gelegenheit mit ihm über die Welt da draußen, und je mehr ich darüber erzählte, desto mehr schien Kensukes Interesse zu erwachen. Natürlich erwähnte ich weder Kriege noch Hungersnöte noch Naturkatastrophen mit einem Wort. Ich zeichnete ein so schönes Bild der Welt wie nur möglich. Es gab so vieles, was er nicht wusste. Alles, worüber ich erzählte, versetzte ihn in Erstaunen – der Mikrowellenherd in unserer Küche zu Hause, Computer und das, wozu sie imstande waren, die Concorde, die schneller war als der Schall, Menschen, die zum Mond fliegen konnten, Satelliten. Es kostete mich ganz schön Mühe, ihm manches zu erklären. Und einiges glaubte er mir einfach nicht, jedenfalls nicht sofort.

Es kam eine Zeit, in der er mir Fragen stellte – hauptsächlich über Japan. Aber ich wusste nur wenig über dieses Land, außer dass in England auf vielen Sachen, einschließlich unserem Mikrowellenherd, »Made in Japan« stand: auf Autos, Taschenrechnern, der Stereoanlage meines Vaters, dem Haarföhn meiner Mutter.

»Ich auch ›made in Japan‹«, lachte er. »Sehr alte Apparat, aber noch gut, noch sehr stark.«

Ich quetschte jeden Tropfen meines Gedächtnisses aus, aber nach einer Weile fiel mir nichts mehr ein, was ich ihm über Japan hätte erzählen können, und doch fragte er ständig weiter: »Du sicher, dass jetzt kein Krieg in Japan?«

Ich war mir ziemlich sicher und das sagte ich ihm dann.

»Sie bauen Nagasaki wieder auf nach Bombe?«

Ich nickte und hoffte, ich hatte Recht damit. Immer wieder versicherte ich ihm, dass alles bestens war, immer wieder erzählte ich ihm das bisschen über sein Land, das ich ihm schon zigmal erzählt hatte. Er schien es gern zu hören, wie ein Kind, das seinem Lieblingsmärchen immer wieder gern lauscht.

Eines Tages, nachdem ich wieder einmal wortreich ausgeführt hatte, was für einen bombastischen Klang die Sony-Stereoanlage meines Vaters hatte, wie sie das ganze Haus zum Schwingen brachte, sagte Kensuke ganz leise: »Vielleicht irgendwann, bevor ich sterbe, ich gehe zurück in mein Heimat. Irgendwann ich gehe zurück nach Japan. Vielleicht.«

Ich war nicht sicher, ob er es ernst meinte, aber es bedeutete, dass er zumindest darüber nachdachte, und das gab meiner Hoffnung neue Nahrung. Aber erst in der

Nacht der Schildkröten begann ich daran zu glauben, dass Kensuke es wirklich ernst meinte.

Er weckte mich aus tiefem Schlaf. »Komm, Micasan. Komm sehr schnell. Komm«, drängte er.

»Wohin?«, fragte ich, aber da war er schon weg. Ich rannte hinter ihm her, ins Mondlicht hinaus, und holte ihn auf halber Strecke den Pfad hinunter ein. »Was hast du vor? Wohin gehen wir? Ist da ein Boot?«

»Sehr bald du siehst. Sehr bald.«

Stella wich mir die ganze Zeit, bis wir den Strand erreichten, nicht von der Seite. Sie ging nie gern im Dunkeln nach draußen. Ich sah mich um. Da war nichts. Der Strand sah nicht anders aus als sonst. Die Wellen schwappten lustlos ans Ufer. Wolken schoben sich vor den Mond und um mich herum verstummte die Welt, als hielte sie den Atem an. Erst als Kensuke sich auf die Knie fallen ließ, sah ich, worum es ging. »Sie sehr klein. Manchmal sie sind nicht so stark. Manchmal am Morgen kommen Vögel und fressen sie.«

Da sah ich es.

Zuerst dachte ich, es wäre ein Krebs. Aber es war eine winzig kleine Schildkröte, kleiner als eine Dosenschildkröte. Mühsam krabbelte sie aus einem Sandloch und machte sich auf den langen Weg zum Wasser. Dann noch eine und noch eine und weiter unten am Strand mehrere Dutzend, nein, Hunderte sah ich jetzt, vielleicht Tausende, und alle hasteten über den mondbeschienenen Sand ins Meer. Der Strand wimmelte nur so von ihnen. Stella schnupperte an einer und ich schob sie weg. Sie gähnte und sah gelangweilt zum Mond hoch.

Dann sah ich, wie eine Schildkröte an der tiefsten Stelle des Sandloches auf dem Rücken lag und heftig mit den Beinen in der Luft strampelte. Kensuke bückte sich, hob sie vorsichtig hoch und stellte sie auf alle viere in den Sand. »Du gehst zum Meer, klein Schildkröte«, sagte er. »Du lebst dort jetzt. Du bald groß schön Schildkröte, und dann du kommst zurück und besuchst mich vielleicht.« Er hockte sich auf die Fersen und sah dem davoneilenden kleinen Tier nach. »Du weißt, was sie machen, Mica. Schildkrötenmutter, sie legen Eier hier. Und eine Nacht, jedes Jahr, immer wenn Mond ist voll, kleine Schildkröten geboren. Langer Weg zu Wasser. Sehr viele sterben. Also ich bin immer hier. Ich helfe. Ich scheuche Vögel weg, dass sie nicht fressen Babyschildkröten. In viele Jahre, wenn Schildkröten sind groß, sie kommen zurück. Sie legen wieder Eier. Wahre Geschichte, Micasan.«

Die ganze Nacht wachten wir über die massenhaft geschlüpften Tiere, schauten zu, wie die winzigen Schildkröten sich ihren Weg zum Meer bahnten. Wir gingen zusammen alle Nester ab, suchten in jedem Sandloch nach kleinen Nachzüglern, die stecken geblieben oder auf den Rücken gefallen waren. Wir fanden mehrere, die zu schwach waren, um es allein zu schaffen, und trugen sie vorsichtig ins Meer. Das Wasser schien ihnen neue Kräfte zu verleihen. Im Handumdrehen waren sie weggeschwommen, ohne je Schwimmunterricht gebraucht zu haben.

Als der Morgen anbrach und die Vögel sich einfanden, um ihre Beute zu ergattern, waren wir immer noch da, um sie zu verscheuchen. Stella jagte ihnen kläffend nach und wir rannten hinter ihnen her, schreiend, mit den Armen wedelnd, Steine werfend. Wir trugen nicht in jedem Fall den Sieg davon, aber die meisten Schildkröten schafften es ins Meer. Aber selbst dort waren sie noch nicht gänzlich in Sicherheit. Trotz unserer verzweifelten Bemühungen wurden ein paar von den Vögeln aus dem Wasser gefischt und weggeschleppt.

Gegen Mittag war es dann vorbei. Kensuke war müde, als wir knöcheltief im Wasser standen und der letzten davonschwimmenden Schildkröte nachschauten. Er legte mir einen Arm um die Schultern. »Sie sehr klein Schildkröten, Micasan, aber sehr tapfer. Sie tapferer als ich. Sie wissen nicht, was sie finden da draußen, was passiert mit ihnen, aber sie gehen trotzdem. Sehr tapfer. Vielleicht sie unterrichten mich gute Lektion. Ich entschieden. Wenn ein Schiff kommt und wir machen Feuer und sie finden uns, ich gehe. Wie Schildkröten ich gehe. Ich gehe mit dir. Ich gehe heim nach Japan. Vielleicht ich finde Kimi. Vielleicht ich finde Michiya. Ich finde Wahrheit. Ich gehe mit dir, Micasan.«

10. Kapitel

MÖRDERMENSCHEN KOMMEN

Bald darauf setzte die Regenzeit ein und zwang uns, tagelang im Schutz der Höhle auszuharren. Die Pfade verwandelten sich in reißende Ströme, der Wald in einen Sumpf. Ich sehnte mich danach, dass das Heulen der Gibbons das Dröhnen des Regens wieder ablöste, der auf die Blätter herunterprasselte. Es regnete nicht in kurzen Abständen wie zu Hause, sondern ständig, unaufhörlich. Ich machte mir Sorgen um unseren Feuerholzstoß, der sich nun mit jedem Tag weiter voll Wasser sog. Würde er je wieder austrocknen? Würde dieser Regen jemals aufhören?

Aber Kensuke nahm alles mit stoischer Gelassenheit hin. »Es hört auf, wenn es hört auf, Micasan«, sagte er. »Du kannst nicht machen, dass Regen hört auf, indem du willst, dass er hört auf. Außerdem Regen sehr gut. Lässt

Früchte wachsen. Lässt Bach fließen. Lässt Affen leben, dich und mich auch.«

Trotzdem hetzte ich weiter jeden Morgen mit dem Fernglas auf den Gipfel hinauf, obwohl ich gar nicht wusste, wieso ich mir überhaupt noch die Mühe machte. Manchmal war der Regen so dicht, dass ich das Meer kaum ausmachen konnte. Gelegentlich machten wir einen Abstecher in den Wald, um unseren Früchtevorrat aufzufüllen. Beeren gab es jetzt im Überfluss, und Kensuke bestand darauf, dass wir fleißig sammelten – ihm schien es weniger auszumachen als mir, wenn er bis auf die Haut durchnässt wurde. Ein paar der Beeren aßen wir gleich, aber aus den meisten stellte er Essig her. Den Rest legte er mit Honig und Wasser ein. »Für regnerische Tage, ja?«, sagte er lachend. (Er liebte es, mit Ausdrücken um sich zu werfen, die er bei mir aufgeschnappt hatte.) Wir aßen viel geräucherten Fisch, von dem Kensuke immer jede Menge auf Vorrat zu haben schien. Der Fisch machte mich durstig, aber ich wurde seiner nie überdrüssig.

Vor allem das viele Malen ist mir aus der Regenzeit in Erinnerung geblieben. Stunde um Stunde kauerten wir gemeinsam über den Muscheln und zeichneten, bis uns die Tintenfischtinte ausging. In dieser Zeit malte Kensuke aus dem Gedächtnis sein Haus in Nagasaki und etliche Bilder von Kimi und Michiya, wie sie nebeneinander standen, immer unter dem Kirschbaum. Die Gesichter, fiel mir auf, blieben dabei immer undeutlich. Eines Tages erklärte er mir, warum. (Er sprach jetzt immer fließender Englisch.)

»Ich erinnere mich, wer sie sind«, sagte er. »Ich erinnere mich, wo sie sind. Ich kann sie hören in mein Kopf, aber ich kann sie nicht sehen.«

Ich brachte mehrere Tage damit zu, mein erstes Bild von einem Orang-Utan zu malen. Es zeigte Tomodachi. Oft kauerte sie nachdenklich und triefnass vor dem Höhleneingang, fast als würde sie mir Modell stehen. Also nutzte ich die Gelegenheit.

Kensuke war von dem Bild begeistert und geizte nicht mit Lob. »Irgendwann, Micasan, du wirst sein großer Maler, wie Hokusai, vielleicht.« Tomodachis Porträt war das erste Muschelbild von mir, das er in seine Truhe packte und aufbewahrte. Ich war mächtig stolz. Danach beharrte er häufig darauf, meine Bilder aufzuheben. Er holte sie oft aus der Truhe heraus und betrachtete sie sorgfältig, zeigte mir, wo ich vielleicht etwas verbessern konnte, war dabei aber immer sehr nachsichtig. Unter seinem wachsamen

Blick und seiner stetigen Ermunterung gelang mir jedes Bild besser, wurde immer mehr so, wie ich es haben wollte.

Und dann wachten wir eines Morgens auf und der Regen hatte aufgehört. Das Heulen der Gibbons war wieder zu hören. Wir gingen im seichten Wasser fischen und fuhren auch aufs Meer hinaus, sodass wir in sehr kurzer Zeit unsere Vorräte an geräuchertem Fisch und Tinte aufgefrischt hatten. Wir begannen wieder Fußball zu spielen. Und währenddessen trocknete der Holzstoß auf dem Hügel.

Jetzt nahmen wir das Fernglas überallhin mit, gleichgültig, wo wir hingingen. Einmal hätten wir es wegen Kikanbo, Tomodachis auf Abwege geratenem Sohn, beinahe verloren. Der mit Abstand frechste, verspielteste junge Orang-Utan stahl uns das Fernglas und rannte damit in den Dschungel. Als wir ihn eingeholt hatten, wollte er das Ding unter keinen Umständen herausrücken. Am Ende musste Kensuke ihn bestechen – eine rote Banane gegen ein Fernglas.

Aber die Zeit verging und wir lebten immer mehr so, als würden wir uns darauf einrichten, für immer auf der Insel zu bleiben. Und das bereitete mir große Sorgen.

Kensuke besserte sein Auslegerboot aus. Er machte mehr Essig. Er sammelte Kräuter und legte sie zum Trocknen in die Sonne. Und er schien immer weniger Interesse daran zu haben, nach einem Schiff Ausschau zu halten. Es war, als hätte er es völlig vergessen.

Aber er spürte, wie rastlos ich war. Eines Tages, als er an seinem Boot arbeitete und ich, der ich die Hoffnung nie aufgeben konnte, durch das Fernglas aufs Meer hinausschaute, sagte er: »Ist einfacher, wenn du bist alt wie ich, Micasan.«

»Was ist einfacher?«

»Warten«, antwortete er. »Eines Tages ein Schiff wird kommen, Micasan. Vielleicht bald, vielleicht nicht so bald. Aber es wird kommen. Du darfst Leben nicht verbringen mit immer hoffen, immer warten. Du musst Leben leben.«

Ich wusste natürlich, dass er Recht hatte, aber nur in den Zeiten, in denen ich mich in meine Malerei vertiefte, konnte ich wirklich alle Gedanken an Rettung vergessen, alle Gedanken an meine Mutter und meinen Vater.

Eines Morgens wachte ich auf, weil Stella vor der Höhle bellte. Ich stand auf und ging hinaus. Zuerst konnte ich sie nirgends sehen. Schließlich entdeckte ich sie oben auf dem Berg, halb knurrend, halb bellend, die Nackenhaare aufgestellt. Und ich erkannte bald, warum. Eine Dschunke! Eine kleine Dschunke war weit draußen auf dem Meer zu sehen. Ich hastete den Hügel hinunter und erreichte den Höhleneingang gerade, als Kensuke herauskam und sich den Hosenbund zuschnürte. »Da ist ein Boot!«, schrie ich. »Das Feuer! Wir müssen das Feuer anmachen!«

»Erst ich muss schauen«, sagte Kensuke. Und trotz meiner Protestschreie ging er wieder in die Höhle, um sein Fernglas zu holen. Ich raste wieder den Hügel hoch. Die Dschunke war nahe genug, sie würden den Rauch sehen können, da war ich mir sicher. Kensuke folgte mir hinaus, aber so langsam, dass es mich beinahe zur Verzweiflung trieb. Er schien überhaupt keine Eile zu haben. Er betrachtete das Boot ausgiebig durch das Fernglas, ließ sich dabei eine Unmenge Zeit.

»Wir müssen das Feuer anmachen«, sagte ich. »Wir müssen.«

Da packte Kensuke mich am Arm. »Es ist dasselbe Boot, Micasan. Mördermenschen kommen. Sie töten die Gibbons und stehlen die Babys. Sie kommen wieder, ich bin sehr sicher. Ich vergesse nicht das Boot. Ich vergesse niemals. Sie sind böse Menschen. Wir müssen schnell weg. Wir müssen finden alle Orang-Utans. Wir müssen sie bringen in Höhle. Dort sie sind sicher.«

Er brauchte nicht lange, um sie zusammenzutrommeln. Er musste nur singen, als wir in den Wald hineingingen. Wie aus dem Nichts tauchten sie auf, immer zu zweit oder zu dritt, bis wir fünfzehn zusammen hatten. Vier fehlten noch. Immer tiefer mussten wir in den Dschungel hinein, um sie zu suchen, und Kensuke sang die ganze Zeit weiter. Dann brachen plötzlich drei durch die Bäume, eine davon war Tomodachi. Jetzt fehlte nur noch einer, Kikanbo.

Da standen wir nun, auf einer Waldlichtung, von den Orang-Utans umgeben, und Kensuke sang weiter und immer weiter, um Kikanbo anzulocken, aber er kam nicht. Dann hörten wir, wie ein Motor angelassen wurde, irgendwo auf dem Wasser, ein Außenbordmotor. Kensuke begann lauter zu singen, drängender. Wir lauschten. Wir hielten Ausschau nach Kikanbo. Wir riefen nach ihm.

»Wir können nicht mehr warten«, entschied Kensuke schließlich. »Ich gehe voran, Micasan, du hinten. Bring die letzten mit. Schnell.« Und er begann den Abstieg über den Pfad, wobei er einen der Orang-Utans an der Hand hielt und weitersang. Wir anderen folgten ihm, und ich weiß noch, dass ich dachte, so ähnlich muss es gewesen sein, als der Rattenfänger von Hameln die Kinder in eine Berghöhle lotste.

Ich hatte als Letzter meine liebe Not, die Orang-Utans zusammenzuhalten. Manche der jüngeren wollten viel lieber Verstecken spielen als ihren Artgenossen folgen. Am Ende musste ich zwei von ihnen auf den Arm nehmen und tragen, je einen in jeder Armbeuge. Sie waren wesentlich schwerer, als sie wirkten. Immer wieder schaute ich über die Schulter zurück, ob Kikanbo nicht irgendwo zu sehen war, und ich rief nach ihm, aber er kam immer noch nicht.

Der Außenbordmotor erstarb. Ich hörte Stimmen, laute Männerstimmen, und Gelächter. Ich rannte jetzt und die Orang-Utans klammerten sich an meinen Hals. Der Dschungel um mich herum dröhnte und heulte Alarm.

Als ich die Höhle erreichte, hörte ich schon die ersten Schüsse fallen. Jeder Vogel, jede Fledermaus im Wald flatterte auf, sodass der Himmel schwarz von ihnen war und von ihren Schreien widerhallte. Wir trieben die Orang-

Utans im hinteren Teil der Höhle zusammen und kauerten uns in der Dunkelheit neben sie, während das Schießen draußen weiterging.

Von allen Orang-Utans war Tomodachi am aufgeregtesten. Aber alle hatten Kensukes Trost und Beruhigung bitter nötig. Solange dieser grauenhafte Albtraum andauerte, sang er ihnen leise sein ewiges Lied vor.

Die Jäger kamen näher, immer näher. Die Luft war erfüllt von ihren Schüssen und Schreien. Ich schloss die Augen. Ich betete. Die Orang-Utans wimmerten laut, als würden sie in Kensukes Lied einstimmen. Stella lag die ganze Zeit zu meinen Füßen, ein heiseres Knurren in der Kehle. Ich hielt sie am Nackenfell gepackt, nur für alle Fälle. Die jungen Orang-Utans vergruben das Gesicht in meinen Achselhöhlen, meinen Kniekehlen, wo immer sie ein freies Plätzchen fanden, und klammerten sich verzweifelt an mir fest.

Die Schüsse krachten jetzt grässlich nahe bei uns, zerrissen die Luft und hallten in der Höhle wider. Entfernte Triumphschreie waren zu hören. Ich wusste nur zu gut, was das zu bedeuten hatte.

Schließlich entfernten sich die Jäger wieder. Wir hörten keine Stimmen mehr, nur noch gelegentlich einen

Schuss. Und dann nichts mehr. Der Dschungel war verstummt.

Wir blieben noch mehrere Stunden, wo wir waren. Ich wollte hinausgehen, um nachzuschauen, ob sie weg waren, aber Kensuke wollte nichts davon wissen. Die ganze Zeit sang er weiter, und die Orang-Utans schmiegten sich weiter an uns, bis wir hörten, wie der Außenbordmotor angelassen wurde. Aber auch jetzt wollte Kensuke, dass ich noch eine Weile abwartete. Als wir endlich die Höhle verließen, war die Dschunke bereits ein gutes Stück weit draußen auf See.

Wir suchten die Insel nach Kikanbo ab, sangen für ihn, riefen nach ihm, aber es gab keine Spur von ihm. Kensuke war verzweifelt. Nichts und niemand konnte ihn trösten. Er stapfte allein davon und ich hielt ihn nicht zurück.

Kurz darauf entdeckte ich ihn im Wald. Er kniete neben den Leichen zweier Gibbonmütter. Er weinte nicht, aber ich konnte sehen, dass er zuvor geweint hatte. Seine Augen waren voller Schmerz und Bestürzung. Wir gruben ein Loch in den weichen Waldboden und begruben die Gibbons. In mir waren keine Worte mehr, die ich hätte aussprechen können, und in Kensuke keine Lieder.

Trauernd machten wir uns über den Strand auf den

Heimweg, als uns plötzlich Kikanbo aus dem Hinterhalt überfiel. Schreiend kam er durch die Bäume gebrochen und schleuderte uns Sand entgegen, bevor er Kensukes Bein hochkletterte und ihm die Arme um den Hals schlang. Es war so ein toller Augenblick, ganz großartig.

In dieser Nacht sangen Kensuke und ich *Ten Green Bottles*, immer und immer wieder, sehr laut, während wir unsere Fischsuppe löffelten. Ich glaube, es war eine Art Leichenschmaus für die zwei toten Gibbons und gleichzeitig ein Freudenfest für Kikanbo. Im Wald draußen hallte das Echo unseres Gesangs wider.

In den darauf folgenden Wochen konnte ich sehen, dass die schrecklichen Ereignisse dieses Tages schwer auf Kensuke lasteten. Er begann im hinteren Teil der Höhle einen Käfig aus Bambusstangen zu bauen, damit wir die Orang-Utans sicherer unterbringen konnten, falls die Jäger wiederkommen sollten. Immer wieder machte er sich Vorwürfe, dass er nicht schon früher daran gedacht hatte, immer wieder erzählte er mir, dass er sich nie hätte verzeihen können, wenn sie Kikanbo erwischt hätten, und dass er sich so sehr wünschte, die Gibbons würden auch kommen, wenn er sang, damit er auch sie retten könnte.

Wir schnitten im Dschungel Äste und Buschwerk ab und rammten alles vor dem Höhleneingang in den Boden, damit die Höhle bei Bedarf damit getarnt werden konnte.

Kensuke war jetzt immer furchtbar nervös, furchtbar ängstlich. Er schickte mich oft mit dem Fernglas auf den Berg hinauf, damit ich nachschaute, ob die Dschunke wieder auftauchte. Aber je mehr Zeit ins Land ging, je länger die unmittelbare Bedrohung zurücklag, desto mehr wurde er wieder der Alte. Und trotzdem spürte ich, dass er jeden Augenblick auf der Hut blieb.

Weil er jetzt so viele von meinen Malereien aufbewahrte, gingen uns langsam die guten, flachen Muschelschalen aus. Also machten wir uns eines Morgens auf die Suche nach neuen. Gemeinsam durchkämmten wir den Strand, den Kopf gesenkt, nur wenige Schritte nebeneinanderher. Unsere Muschelsuche hatte immer etwas von einem Wettkampf an sich – wer würde die erste Schale finden, die größte, die schönste? Wir waren noch nicht lange unterwegs und keiner von uns hatte noch etwas gefunden, als ich plötzlich bemerkte, dass Kensuke stehen geblieben war.

»Micasan«, raunte er und zeigte mit seinem Stock aufs Meer hinaus. Da draußen war etwas, etwas Weißes, aber zu klar umrissen, zu scharfkantig, als dass es eine Wolke hätte sein können.

Wir hatten das Fernglas in der Höhle gelassen. Ich raste über den Strand zurück in unsere Behausung, die kläffende Stella auf den Fersen, griff mir das Fernglas und stürmte zum Gipfel hoch. Ein Segel! Zwei Segel. Zwei weiße Segel. Ich hastete wieder zur Höhle zurück und holte ein brennendes Holzscheit aus dem Feuer. Als ich die Feuerstelle erreichte, war Kensuke auch schon da. Er nahm mir das Fernglas aus der Hand und schaute aufs Meer.

»Darf ich das Feuer anmachen?«, fragte ich. »Darf ich?«

»In Ordnung, Micasan«, erwiderte er. »In Ordnung.«

Ich rammte das brennende Scheit tief in den Holzhaufen, bis ins tiefste Innere, zu den trockenen Blättern und Zweigen. Sie fingen fast augenblicklich Feuer und sehr bald ließen helle Flammen das Holz knacken, leckten vom Wind gepeitscht aus dem Holzstoß zu uns hinaus. Wir wichen vor der plötzlichen Hitze zurück. Ich war enttäuscht, dass es so viel Flammen gab. Ich wollte Rauch, keine Flammen. Ich wollte eine Rauchsäule bis in den Himmel hoch.

»Nicht sorgen, Micasan«, sagte Kensuke. »Sie sehen es sicher. Du wirst schon sehen.«

Immer wieder wechselten wir uns am Fernglas ab. Die Yacht hatte noch nicht beigedreht. Sie hatte nichts gesehen.

Langsam begann sich der Rauch in den Himmel zu schrauben. Verzweifelt warf ich immer mehr Holz aufs Feuer, bis es ein richtiges, ohrenbetäubendes Inferno aus Flammen und dichtem Rauch war.

Ich hatte schon fast das letzte Stück Holz aufgelegt, das wir gesammelt hatten, als Kensuke plötzlich sagte: »Micasan, es kommt. Ich glaube, Boot kommt.«

Er reichte mir das Fernglas. Die Yacht hatte gedreht, eindeutig, aber ich konnte nicht ausmachen, ob sie auf uns zukam oder von uns wegfuhr. »Ich weiß nicht«, sagte ich. »Ich bin nicht sicher.«

Kensuke nahm mir das Fernglas wieder ab. »Ich sage dir, Micasan, es kommt. Sie sehen uns. Ich bin sehr sicher. Es kommt zu unser Insel.«

Ein paar Augenblicke später, als der Wind die Segel blähte, wusste ich, dass er Recht hatte. Wir fielen uns in die Arme, gleich da auf dem Gipfel, neben dem lodernden Feuer. Ich hüpfte auf und ab wie ein Wahnsinniger und Stella machte auf der Stelle mit.

Jedes Mal, wenn ich jetzt durch das Fernglas schaute,

war die Yacht wieder ein Stückchen näher gekommen. »Eine große Yacht«, sagte ich. »Ich kann die Flagge nicht sehen. Dunkelblauer Rumpf, wie bei der *Peggy Sue.*« Erst jetzt, als ich es laut aussprach, erwachte in mir der erste Hoffnungsfunke, dass es tatsächlich die *Peggy Sue* war.

Stück für Stück verwandelte sich meine Hoffnung in Glauben, mein Glauben in Gewissheit. Ich sah eine blaue Mütze, die Mütze meiner Mutter. Sie waren es! Sie waren es tatsächlich!

»Kensuke«, schrie ich, das Fernglas immer noch an den Augen. »Kensuke, es ist die *Peggy Sue.* Wirklich wahr. Sie kommen mich holen. Sie kommen zurück.«

Aber Kensuke gab keine Antwort. Als ich mich umdrehte, war er verschwunden.

Ich fand ihn in der Höhle, direkt am Eingang. Er saß da, meinen Fußball im Schoß. Er schaute zu mir hoch, und da erkannte ich schon an seinem Blick, was er mir jetzt sagen würde.

Er stand auf, legte mir die Hände auf die Schultern und sah mir tief in die Augen. »Du hörst zu, jedes Wort jetzt, Micasan«, begann er. »Ich bin zu alt für neue Welt, die du mir erzählt. Es ist aufregende Welt, aber nicht meine Welt. Meine Welt war Japan vor viel Zeit. Und jetzt meine Welt ist hier. Ich denke lange Zeit darüber nach. Wenn Kimi am Leben, wenn Michiya am Leben, dann sie denken, ich bin tot seit lange Zeit. Es wäre wie Geist, der nach Hause kommt. Ich bin nicht derselbe Mensch. Sie sind auch nicht dieselbe Menschen. Und ich habe Familie hier, Orang-Utan-Familie. Vielleicht Mördermenschen kommen wieder. Wer soll dann auf Orang-Utans aufpassen? Nein, ich bleibe auf mein Insel. Das ist mein Platz. Das ist Kensukes Königreich. König muss bleiben in sein Königreich, kümmern um sein Volk. König läuft nicht weg. Nicht ehrenhaft.«

Ich wusste, dass es keinen Sinn haben würde, ihm zu widersprechen, ihn zu überreden, ihn anzuflehen.

Er drückte seine Stirn gegen meine und ließ mich weinen. »Du gehst jetzt«, fuhr er fort, »aber bevor du gehst, du musst versprechen drei Sachen. Erstens, du malst jeden Tag von dein Leben, damit du eines Tages großer Künstler bist, wie Hokusai. Zweitens, du denkst manchmal an mich, vielleicht oft, wenn du bist zu Hause in England. Wenn du schaust zu Vollmond hoch, du denkst an mich, und ich mache dasselbe. So wir vergessen uns niemals. Und eine letzte Sache du versprichst, sehr wichtig für mich. Sehr wichtig, dass du sagst nichts, nichts über mich.

Du kommst hier allein. Du warst hier allein, du verstehst? Ich nicht hier. In zehn Jahren du kannst sagen, was du willst, dann von mir nur noch Knochen übrig, dann nicht mehr wichtig. Ich will nicht, dass jemand kommt mich zu suchen. Ich bleibe hier. Ich lebe Leben in Frieden. Keine Menschen. Wenn Menschen kommen, kein Frieden. Du verstehst? Du bewahrst Geheimnis für mich, Mica? Du versprichst?«

»Ich verspreche es«, sagte ich.

Er lächelte und drückte mir den Fußball in die Hand. »Hier, nimm. Du bist sehr gut bei Fußball, aber noch viel besser bei Malen. Jetzt geh.« Er legte mir einen Arm um die Schulter und begleitete mich hinaus. »Geh«, wiederholte er.

Ich machte nur ein paar Schritte, dann drehte ich mich wieder um. Er stand immer noch vor dem Eingang der Höhle. »Geh jetzt, bitte.« Und er verbeugte sich.

Ich folgte seinem Beispiel.

»*Sayonara*, Micasan«, sagte er. »Es war Ehre, dich kennen zu lernen, große Ehre von mein Leben.«

Ich brachte kein Wort zur Erwiderung heraus.

Blind vor Tränen rannte ich den Pfad hinunter. Stella kam mir nicht sofort nach, aber als ich den Waldrand erreichte, holte sie mich ein. Sie jagte über den Strand und bellte der *Peggy Sue* entgegen, während ich im Schatten der Bäume verborgen blieb und meine Tränen weinte. Ich schaute zu, wie die *Peggy Sue* einlief. Und wirklich, meine Mutter und mein Vater standen an Deck. Sie hatten mittlerweile Stella entdeckt und riefen nach ihr. Der dumme Hund kläffte sich vor Freude schier die Lungen aus dem Leib. Ich sah, wie die Ankerkette herunterrasselte.

»Leb wohl, Kensuke«, flüsterte ich. Dann holte ich einmal tief Luft und rannte winkend und schreiend über den Sand.

Ich stürzte mich ihnen im seichten Wasser entgegen. Meine Mutter weinte und drückte mich so fest an sich, dass ich schon dachte, sie würde mich erdrücken. Immer wieder stieß sie hervor: »Hab ich dir nicht gesagt, dass wir ihn finden? Hab ich's dir nicht gesagt?«

Das Erste, was mein Vater zu mir sagte, war: »Hallo, Affengesicht.«

Fast ein Jahr lang hatten meine Mutter und mein Vater nach mir gesucht. Niemand wollte ihnen dabei helfen, denn niemand glaubte daran, dass ich noch am Leben sein konnte – niemals, auf keinen Fall, sagten alle. Sogar mein Vater – das gestand er mir später – hatte fast die Hoffnung aufgegeben, dass sie mich noch finden könnten. Aber meine Mutter niemals. Für sie war ich immer noch am Leben, musste einfach am Leben sein. Sie fühlte es in ihrem Herzen. Also waren sie von Insel zu Insel gesegelt, hatten so lange gesucht, bis sie mich gefunden hatten. Es war kein Wunder, sie hatten einfach nur daran geglaubt.

PS Kurz nachdem dieses Buch erschien, erhielt ich folgenden Brief:

Lieber Michael,
ich schreibe Ihnen, in mein schlecht Englisch, um zu sagen, dass mein Name ist Michiya Ogawa. Ich bin Sohn von Dr. Kensuke Ogawa. Bis ich gelesen habe Ihr Buch, ich habe geglaubt, dass mein Vater ist gestorben in Krieg. Meine Mutter, die gestorben ist vor drei Jahre, hat das geglaubt ihr ganzes Leben. Wie Sie schreiben in Buch, wir haben gelebt in Nagasaki, aber wir hatten großes Glück. Bevor Bombe fiel, wir waren aufs Land gefahren, um zu besuchen meine Großmutter ein paar Tage. Also wir haben überlebt.

Ich habe keine Erinnerungen an mein Vater, nur einige Fotos und Ihr Buch. Es wäre mir eine große Freude, mit jemand zu reden, der mein Vater so gekannt wie Sie. Vielleicht eines Tages wir können uns treffen. Ich hoffe sehr.

Mit den besten Grüßen,
Michiya Ogawa

Einen Monat nachdem ich den Brief erhielt, fuhr ich nach Japan und lernte Michiya kennen. Er hat das gleiche Lachen wie sein Vater.

ERKLÄRUNG DER JAPANISCHEN WÖRTER

Abunai	Gefahr!
Americajin	Amerikaner
Dameda	Verboten!
Eikokujin	Engländer
Gomen nasai	Entschuldigung
Oyasumi nasai	Gute Nacht!
Sayonara	Auf Wiedersehen / Leb wohl!
Yamero	Aufhören!

Michael Morpurgo

GROSSVATER AUF PROBE

Einband von Gesa Denecke. Aus dem Englischen von Yvonne Hergane
Ab 10. 224 Seiten. ISBN 3-7915-1347-8

Eines Tages taucht wie aus dem Nichts Cessies verschollen geglaubter Großvater auf. Durch einen Unfall hat er sein Gedächtnis verloren und weiß weder, woher er kommt, noch, wo er die vergangenen Jahre gelebt hat. »Nie wieder Shangri-La« ist alles, was er immer wieder voller Angst flüstert. Cessie versucht das Geheimnis zu lüften, aber erst eine Fahrt über den Ärmelkanal bringt schließlich die große Wende.

DRESSLER